B의 세상

최상희 소설

문학동네

차 례

고스트 투어

언덕 위는 온통 핏빛이었다. 딸기잼을 듬뿍 뿌린 아이스크림처럼 정상으로부터 능선을 타고 검붉은 색이 흘러내리고 있었다. 언덕을 오르기 시작한 지 한 시간째. 염소 몇 마리가 멀찍이 눈에 띄었을 뿐, 사람 하나 보이지 않았다. 사방이 이상하리만큼 고요했다. 갑자기 목덜미가 선뜩했다. 뒤돌아보니 바람에 풀이 쏴아아 누웠다 일어나는 게 보였다. 뒤처져 오던 아빠가 무릎을 꿇고 앉아 있었다. 운동화 끈을 다시 묶는 것 같았다. 일어난 아빠의 바지 무릎에 히스 꽃물이 번져 있었다. 오래 졸인 잼처럼 검붉은 색이었다. 아빠와 나는 지금 고스트 투어 중이다.

고스트 투어를 하게 된 건 엄마 때문이었다. 아니, 그보다는 한 달 전 일이 이유일 것이다. 한 달 전 아빠와 나 사이에 전에 없던

심한 다툼이 있었다. 그날 이후로 아빠와 나는 냉전 중이다. 한마디도 나누지 않으며 가능한 한 서로 피하고 있다. 엄마는 나와 아빠 사이를 오가며 화해의 손길을 먼저 내밀라고 회유하고 설득하고 마지막에는 협박까지 했지만 누구도 끄떡 안 했다. 나는 아빠보다 엄마를 닮은 편인데 뒤끝이 오래가는 성격 하나만은 아빠를 닮았다. 하지만 그냥 놔두면 될 일이었다. 사실 그 일은 딱히 누구의 잘못도 아니었으니 사과니, 화해니 하며 유난 떨 필요 없었다. 지나고 보면 대개의 일들이 그러하듯이 자연스레 잊힐 것이었다. 하지만 어른들은 어떤 일을 해결하기 위해서는 특별한 계기가 있어야 한다고 생각하는 듯했고, 엄마는 궁리 끝에 반짝이는 아이디어를 내놓았다.

고스트 투어.

엄마 입에서 나온 말에 나는 입이 떡 벌어졌다. 고스트 투어라니. 놀이공원 고스트 하우스가 시시해진 게 이미 유치원 때였다. 심지어 이제 나는 핼러윈데이 때 우리 집 문을 두드리는 아이들의 어설픈 분장에 웃음을 참으며 사탕을 나눠 주는 나이다. 그거 농담이지, 하기도 전에 엄마의 입에서 더 기가 막힌 말이 나왔다. 아빠와 아들 둘만의 여행. 그 순간 아빠와 눈이 마주쳤다. 아빠와 나는 실로 오랜만에 같은 생각을 하고 있었다. '말도 안 돼.' 엄마는 자신의 멋진 생각을 실행에 옮길 생각에 들떠 있었다. 우리 집에서 엄마를 말릴 수 있는 사람은 아무도 없다. 그래서 지금 아빠와 나, 단둘이서 언덕을 오르고 있다.

등 뒤에서 휘파람 소리가 들려왔다. 힐긋 돌아보자 아빠가 비죽 솟아 나온 바위에 엉덩이를 걸치고 휘파람을 불고 있었다. 경쾌한 휘파람 소리가 공기 속으로 퍼져 나갔다. 아빠는 지금 기분이 별로구나, 나는 알아차렸다.

아빠가 몰래 친구에게 돈을 꿔 줬다는 걸 엄마에게 들켰을 때, 돈을 빌려 간 친구가 연락을 뚝 끊었을 때, 오랜 시간이 흘러 그 친구가 사고로 죽었다는 소식을 들었을 때, 그리고 그 친구를 욕했던 것을 후회할 때마다 아빠는 휘파람을 불었다. 갑자기 자동차 타이어가 펑크 나도, 아빠가 응원하는 축구팀이 형편없이 졌을 때도, 내가 호쾌하게 던진 야구공이 옆집 유리창을 박살 냈을 때도 아빠는 어김없이 휘파람을 불었다. 퇴근하고 돌아온 아빠가 곧장 뒷마당으로 나가 휘파람을 불면 회사에서 또 어떤 멍청한 상사나 건방진 부하 직원이 아빠의 심기를 건드렸구나, 나는 짐작하곤 했다.

아빠가 휘파람으로 부는 곡은 늘 똑같았다. 경쾌한 행진곡인데 아주 오래된 영화에 나온 곡이라고 했다. 2차 세계대전이 배경이고 일본군이 건설한 다리를 연합군이 폭파하는 내용이라고 하는데 나는 그 영화를 본 적이 없다. 곡 이름이 '콰이마치'인가 그랬다. 아빠는 콰이마치란 곡을 영화가 아니라 아빠의 아빠, 즉 내 할아버지한테서 들었다고 한다. 할아버지도 늘 콰이마치를 휘파람으로 불곤 했다는데 할아버지도 기분이 나쁠 때 그랬는지는 모르겠다. 나는 할아버지를 본 적 없다. 내가 태어나기 훨씬 전에 돌아가셨기 때문이다. 내가 할아버지에 대해 물어보면 아빠는 이렇게 대답했다.

손님이랑 사는 기분이었어.

아빠가 할아버지를 처음 본 건 열 살 때였다고 한다. 아빠가 태어난 직후 할아버지가 전쟁에 참가했기 때문이었다. 내가 세계대전이냐고 물었더니 아빠는 베트남전이라고 했다. 용감한 분이셨냐고 묻자 가난한 분이셨을 거라고 아빠는 대답했다. 전쟁 내내 할아버지로부터 편지 한 통 없었다. 심지어 전쟁이 끝나고 오랜 뒤에도 아무 소식이 없어서 아빠의 엄마, 즉 내 할머니는 남편이 죽은 것으로 여기고 사망신고를 했다고 한다. 그런데 놀랍게도 할아버지는 떠난 지 10년 만에 멀쩡한 모습으로 돌아왔다. 그때 아빠는 집 안으로 불쑥 들어온 남자가 수시로 문을 두드리는 행상인인 줄로만 알았단다. 할아버지 역시 자신의 아들을 알아보지 못한 건 마찬가지였다.

죽었다고 여겼던 사람이 안방에 누워 있는 것이 이상해서 아빠는 자는 할아버지 다리를 몰래 만져 보기도 했다고 한다. 특히

단 한 번도 써 본 적 없는 말로 낯선 사람을 불러야 하는 것이 아빠에게는 고역이었다. 아버지란 말은 아빠가 태어나서 10년 넘게 한 번도 사용하지 않은 단어였기 때문이다. 아버지라는 말을 하기 위해서는 몇 번이나 머릿속으로 연습해 봐야 했는데 할아버지가 돌아가실 때까지도 그랬다고 한다. 평생 손님 같았던 할아버지가 자신의 아들에게 남겨 준 것이 있다면 바로 휘파람이었다.

휘파람이 뚝 그쳤다. 아빠가 가방에서 물병을 꺼내다가 그제야 무릎의 얼룩을 발견했는지 손가락으로 문지르기 시작했다. 그러다 더 번진다고 말하려다 그만두었다. 나와 눈조차 마주치지 않는 아빠에게 그런 친절을 베풀어 봐야 무슨 소용이냐는 생각이 들었다. 지난번 일로 아직도 내게 화를 내고 있는 거다. 그건 나도 마찬가지다. 나도 휘파람 불고 싶은 기분이다. 하지만 나는 휘파람을 잘 못 분다. 싱겁게 쉭쉭 소리만 나고 만다.

아빠는 부자연스러웠던 할아버지와의 관계가 특수한 상황 때문이라고 생각하지만 내가 보기에는 아주 자연스럽다. 아버지와 아들이란 평생 해야 할 말을 10년 안에 다 한 뒤 남은 인생 동안에는 인사말 정도나 나누는 것이 정상인 것 같다. 길게 잡아야 20년. 옆집 모리 형네만 봐도 그랬다. 대학 입학과 동시에 집을 떠난 모리 형은 크리스마스에나 집에 들르는데 모리 형과 형네 아버지는 인사말도 나누지 않고 무뚝뚝하게 악수만 한다. 언젠가는 아빠와 나도 할아버지와 아빠처럼 될 것이다. 아니, 이게 시작인지도 모른다. 한 달째의 침묵이 당분간이 아니라 영원히 이어질 수도 있다. 아빠는 이해 못 할 수도 있다. 정 이해가 안 되면 옆집 아저씨한테 물어보라고 해야겠다.

아빠가 나를 지나쳐 성큼 앞서 걸었다. 구름을 뚫고 쏟아져 내린 빛줄기 때문에 들판의 히스꽃이 꼭 일렁이는 불꽃처럼 보였다.

갑자기 사방이 어둑해졌다. 언덕 너머로 먹구름이 몰려오고 있었다.

꽈르릉.

하늘이 갈라진 듯 번쩍하더니 천둥소리가 요란하게 울렸다. 순식간에 주변 풍경이 바뀌었다. 이 괴상한 투어와 딱 맞춤한 날씨다. 이런 날이라면 유령이 나타나지 않는 게 이상할 정도다. 아빠와 나는 누가 먼저랄 것도 없이 걸음이 빨라졌다. 저 멀리 뾰족한 지붕이 보였다. 우리가 묵게 될 호텔이 분명했다. 고스트 투어의 하이라이트라며 엄마가 야심 차게 예약한 숙소의 이름은 내 마음을 더욱 어두침침하게 만들었다. 고스트 호텔.

가까이서 보니 호텔의 외관은 성에 가까웠다. 돌로 쌓은 벽과 높은 종루, 뾰족한 지붕. 중세 시대 기사와 왕이 나오는 영화에 등장하는 성과 흡사했는데 다른 점이라면 자동문이 달려 있다는 것이었다. 부드럽게 열린 문 안으로 들어가니 내부는 여느 호텔과 다르지 않았다. 커다란 샹들리에, 대리석 바닥, 큼직한 액자가 걸려 있는 벽, 환한 프런트와 로비. 다행히 유령 인형이라든가 호박 머리 같은 유치한 장식은 없다. 프런트 앞에 긴 줄이 늘어서 있었다. 이런 외진 곳에 위치한 호텔치고는 손님이 많았다. 언덕을 오르느라 힘이 빠진 탓인지 손님들은 모두 묵묵히 자기 차례를 기다릴 뿐이었다.

'고스트 호텔은 수백 년 전 명문가의 귀족이 소유했던 저택으로 이곳에 살던 사람들은 알 수 없는 이유로 모두 하룻밤 사이에 죽거나 사라졌다고 전해진다. 그 뒤 오랫동안 방치되다 최근 귀족의 먼 친척의 후손이 호텔로 개조해 격조 높은 서비스와 잊을 수 없는 추억을 제공하는……'까지 팸플릿을 읽었을 때 프런트의 직원이 아빠와 내게 큰 소리로 인사를 건넸다. 직원은 통통한 뺨이 불그스레하고 이마 위로 헝클어져 내린 곱슬머리를 연방 쓸어 넘기는 중년의 남자였다. 입고 있는 후줄근한 양복처럼 다소 지친 얼굴이었지만 몸에 밴 친절로 우리를 반겼다.

"오래 기다리셨죠. 죄송합니다. 보다시피 손님이 많아서요. 막 몰려듭니다. 얼마 전에 티브이에 한 번 소개된 적이 있는데, 거 뭐냐, 방송이란 게 영향력이 대단한 모양입니다. 아, 여기 있군요. 예약 확인됐습니다. 608호입니다."

직원은 컴퓨터 자판을 몇 번 두드리고 나더니 열쇠 하나를 아빠에게 내밀었다. 청회색이 도는 기다란 금속 열쇠였는데 손잡이 부분에 벌집 모양 같은 장식이 새겨져 있었다.

"그러니까 유령이 나온다 이거죠?"

아빠가 심드렁한 목소리로 물었다.

"그렇죠. 매일 나옵니다. 아, 크리스마스는 빼고요. 크리스마스에는 하루 쉬는 모양입니다."

"크리스마스에는 쉰다……. 양말에 선물이라도 넣느라 바쁜가 보군."

어처구니없다는 표정으로 아빠가 중얼거리자 직원은 귀를 후비더니 대꾸했다.

"대부분은 이 집에 살았던 가족들의 모습이라고 하는데……."

직원은 로비 여기저기에 걸린 액자를 손가락으로 가리켰다. 그림은 거의 인물화였다. 그림 속의 여자들은 한껏 부풀린 머리에 치렁치렁한 드레스를 걸치고 보석으로 장식했으며 남자들은 레이스가 달린 블라우스와 타이즈 같은 것을 입고 있었다.

"그런데 손님마다 좀 다른 모양입니다. 돌아가신 할머니를 봤다는 손님도 있어요. 하룻밤에 수십 명, 아니, 수십 유령을 봤다는 손님도 있고. 아무튼 보시긴 보실 겁니다."

물론 이런 어이없는 소리를 아빠가 믿을 리 없다. 고스트 투어니 고스트 호텔이니 다 돈 벌려는 수작임이 분명했다. 부자간의

극적인 화해 장면을 연출해 보려는 엄마 덕에 아빠와 나는 이런 우스꽝스러운 속임수에 놀아나는 멍청이가 된 것이다. 그런데 아빠는 뭔가 골똘히 생각하는 눈치였다. 만에 하나 직원의 말이 사실이라면, 그럴 리 절대 없겠지만, 그래도 혹시 그런 일이 일어난다면 어쩌면 아빠가 할아버지, 아니 할아버지 유령을 만날지도 모른다는 생각이 들었다.

그때였다. 갑자기 프런트를 비추는 조명이 깜박거렸다. 로비의 조명도 하나둘 꺼지기 시작했다. 삽시간에 어둑해졌다. 헉, 하는 소리가 목구멍에서 턱 걸렸다. 뭔가 나타났다. 프런트 직원 뒤였다. 흐릿하지만 분명 사람의 형체를 띠고 있었다. 머리끝이 주뼛했지만 나는 어둠 저편의 희미한 형체에서 눈을 떼지 못했다. 차츰 어둠에 눈이 익기 시작했다. 흐릿한 형체가 좀 더 또렷해졌다. 그건 나였다. 프런트 뒤 벽에 걸린 거울에 비친 내 모습일 뿐이었다. 잠시나마 놀랐던 것이 창피해졌다. 아빠가 눈치채지 못해서 다행이었다. 한참이 지나도 불은 들어오지 않았다. 직원은 날씨 때문인 것 같다고 말하며 어깨를 으쓱했다. 그러면서 마치 준비해 둔 것처럼 손전등 하나를 잽싸게 내밀었다.

아빠와 나는 방을 찾아 나섰다. 아빠가 비추는 손전등 불빛이 휘적휘적 길을 밝혔다. 복도를 헤매다 608이라는 숫자가 적힌 문을 찾아냈다. 열쇠를 몇 번 힘겹게 돌리자 안에서 철컥하는 소리가 났다. 손전등으로 방 안을 살피던 아빠가 전기 스위치를 발견하고 눌렀지만 여전히 정전이었다. 호텔 로비와 달리 방은 구식이었다. 낡았다기보다는 옛날 모습을 재현하려고 애쓴 느낌이었다. 부모님의 침실보다 약간 큰 방이었다. 1인용 침대 두 개가 낮은 서랍장을 사이에 두고 나란히 놓여 있고 발코니로 통하는 널찍한 창이 나 있었다. 창 앞으로 테이블과 의자 두 개가 놓여 있었다. 텔레비전도, 냉장고도 없었다. 나는 혹시 뭐가 들었나 싶어 서랍장 서랍을 하나하나 열어 봤지만 깨끗했다. 습관처럼 주머니에 손을 넣어 봤지만 휴대폰이 없다는 건 잘 알고 있었다. 한 달 전, 그 일 이후로 압수당했기 때문이다. 침대와 테이블, 의자 두 개로 잠들기 전까지 시간을 보낼 수 있는 방법을 궁리해 봤지만 숨바꼭질을 해도 두 번이면 끝날 것 같았다. 게다가 지금 이 상황에서 아빠와 숨바꼭질이라니, 그거야말로 코미디였다. 절로 한숨이 나왔다. 엄마가 계획한 게 여행이 아니라 벌이었나 하는 생각마저 들었다.

훅, 매캐한 냄새가 풍겼다. 아빠가 성냥을 그어 양초에 불을 붙이고 있었다. 양초는 테이블뿐 아니라 서랍장 위에도 여러 개 놓여 있었다. 모두 촛농이 흘러 바닥에 굳어 있었다. 정전은 날씨 탓이 아니라 수시로 일어나는 게 분명했다. '격조 높은 서비스와 잊을 수 없는 추억'이라는 팸플릿 문구가 떠올랐다.

양초 불빛이 부드럽게 방 안에 퍼졌다. 아빠는 손전등을 끄고 의자를 끌어다 창과 마주 앉았다. 산 위의 하루는 순식간에 끝나 버렸고 유리창에는 히스꽃이 펼쳐진 능선 대신 아빠 얼굴이 비쳤다. 휘파람 불고 싶은 얼굴이었다. 그건 나도 마찬가지였다. 나는 입술을 둥글게 오므리고 바람을 내불었다. 휘익, 가느다란 소리가 새어 나왔다.

"이안?"

아빠가 움찔하더니 고개를 돌렸다. 멋쩍은 표정이었다. 얼떨결에 내 이름을 부름으로써 침묵을 먼저 깼다는 걸 깨달은 탓일 게다. 어쨌든 아빠가 내게 말을 걸긴 했다.

"……왜?"

"휘파람, 분 거니?"

"아니야, 크게 숨 쉰 거야."

아빠가 입가를 일그러뜨리며 어색하게 웃었다. 휘파람 좀 못 분다고 비웃을 것까지는 없지만 한 달 만에 내게 지어 주는 웃음이라 넘어가기로 했다.

"무섭지 않니?"

"뭐가? 아아……. 어, 저, 저기!"

나는 아빠 뒤를 손가락으로 가리키며 외마디 소리를 질렀다. 아빠가 몸을 홱 돌리다가 의자와 함께 벌러덩 뒤로 나자빠졌다.

얼빠진 얼굴로 바닥에 주저앉아 있는 아빠의 모습이 유리창에 비쳤다. 나는 숨죽여 웃기 시작했다. 한번 시작되니 도무지 참을 수 없었다. 배를 잡고 웃다가 침대 위를 구르기 시작했다. 아빠도 웃기 시작했다. 더는 못 견디겠다는 듯. 너무 웃어서 아빠는 눈가에 그렁그렁 눈물까지 맺혔다. 그날 이후 이렇게 둘이서 웃는 건 처음이었다. 웃으면서 나는 그날 일을 떠올렸다. 아마 아빠도 나와 같은 생각을 하며 웃고 있는 중일 것이다.

그날.

그날 밤 우리 동네에 불이 났다. 건조한 날씨 탓에 불은 걷잡을 수 없이 타올랐다. 다행히 불이 난 집은 주택가에서 멀리 떨어져 있었고 빈집이었다. 집은 오랫동안 방치된 채였다. 나무 벽은 썩어서 문드러지고 지붕은 금방이라도 무너질 듯이 푹 꺼져 있었다. 유리가 모조리 깨진 창문은 음산하게 입을 벌리고 문짝이 떨어진 문틀 사이로 바람과 쥐와 벌레가 마음대로 드나들었다. 잡초가 더부룩하게 난 마당 앞으로 울창한 단풍나무가 몇 그루 서 있어서 여름과 가을이면 길가에서는 집이 눈에 잘 띄지 않았다. 하지만 잎이 다 떨어지고 난 뒤 앙상한 가지 사이로 모습을 드러낸 집은 흉측하고 음산하기까지 했다. 어른들은 빈집이 어서 철거되기를 원했지만 단풍나무가 무성해지면 잊어버리곤 했다. 모르는 척하는 것으로 집의 존재를 애써 부정했던 것이다. 대신 아이들이 빈집으로 모여들었다.

자기 집에서는 절대 할 수 없는 일들을 아이들은 빈집에서 했다. 술을 마시고 담배를 피우고 낄낄대다가 으르렁거리며 욕하고 짓밟고 싸우고 훔치고 빼앗는, 바로 어른들이 하는 일을 아이들은 빈집에서 마음껏 했다. 그 집에서 일어나는 일에 대해 어른들은 일어나지 않는 일처럼 눈감아 줬다. 눈앞에서 보는 것보다는 나았기 때문이었다. 최소한 자기 아이만큼은 아닐 거라는 기대도 빈집의 울타리가 됐다.

나도 호기심에 몇 번 빈집에 들어가 본 적이 있긴 했다. 쓰레기로 뒤덮이고 오줌 지린내가 진동하는 집에서 고양이만 한 쥐에 쫓겨 나온 뒤로 발길을 끊었다. 아주 어릴 적 일이었다. 하지만 불이 나던 날 밤 나는 그 집에 있었다. 집은 소방차가 도착하기도 전에 다 타 버렸지만 내가 흘린 휴대폰은 단풍나무 아래 밤이슬을 머금은 잡초 사이에 멀쩡하게 남아 있었다. 내 행방을 찾는 엄마의 발신에 반짝거리는 불빛으로 화답하던 내 휴대폰을 발견한 경찰은 빈집의 연기가 다 가시기도 전에 우리 집으로 찾아왔다. 물론 휴대폰을 돌려주기 위한 목적으로 온 것만은 아니었다.

"엄마는……."

아빠가 쓰러진 의자를 세워 앉으며 입을 열었다. 말하기 힘들지만 말하지 않을 수 없다는 목소리였다.

"우리가 얘기해 보길 바란 것 같다."

그날 밤 빈집에 있었던 건 맞지만 불을 낸 건 내가 아니었다. 술과 약에 취해 낄낄대며 아무 데나 오줌을 갈기고 죽은 쥐를 태우기 위해 쓰레기를 모아 불을 피우려던 아이들과 함께 있었던 건 사실이지만 나는 끌려간 것뿐이라고 차마 말할 수 없었다. 내가 아이스크림 가게에서 아르바이트해서 번 주급과 아빠 지갑에서 슬쩍한 지폐 몇 장을 다 털어 주고 간신히 풀려났다는 것은 죽어도 말하기 싫었다. 학교 체육관 라커룸에서도, 화장실 안에서도, 아르바이트를 끝내고 나오는 아이스크림 가게 앞에서도 늘 협박과 조롱에 시달렸다는 것 역시 아빠에게 절대로 말하지 않을 것이다. 말썽쟁이라고 생각하는 것이 나았다. 불쌍한 아이인 것보다는.

"내 아버지, 그러니까 네 할아버지가 어느 날 불쑥 나타났을 때 나는 무척 놀랐다. 당연하지. 죽은 줄로만 알았으니. 차라리 유령으로 나타났다면 덜 놀랐을지도 몰라. 내 평생 그보다 더 놀랄 일은 일어나지 않으리라고 생각했지."

아빠가 애써 화제를 돌리고 있었다.

"하지만 내 생각이 틀렸어. 나는 아버지가 돌아와서 놀란 게 아니라 그동안 돌아오지 않았다는 것 때문에 놀랐던 거야. 왜 10년 동안 돌아오지 않았는지, 도대체 어디에서 뭘 했는지, 왜 이제야 돌아왔는지. 아마도 배신감이 들었던 것 같다. 차라리 돌아오지 않았다면 전쟁터에서 돌아가신 거라 생각하고 그리워했을 텐데."

"할아버지는 어디에 계셨던 거야?"

"몰라. 묻지 않았어, 단 한 번도. 그분 역시 10년 동안의 일에 관해서는 단 한 마디도 내게 말해 주지 않았어."

"물어봐 주길 기다렸을지도 몰라, 할아버지는."

"그럴까? 하지만 두려웠어. 더 놀랄 얘기를 듣게 될까 봐."

아빠는 맥없는 미소를 지어 보였다. 그러고 잠시 허공을 멍하니 바라보다 말했다.

"실은 기다렸어. 아버지가 먼저 말해 주기를."

아빠가 왜 할아버지 이야기를 꺼냈는지 비로소 깨달았다. 아빠는 기어이 그날 밤 일을 이야기할 작정인 거다. 그리고 내가 먼저 잘못을 시인하고 사과하기를 바라는 것이다.

"오해였을 뿐이야. 누구의 잘못도 아닌."

나는 혼잣말처럼 중얼거렸다.

그날 경찰이 우리 집에 찾아와 내 휴대폰을 내밀었을 때 아빠는 벼락이라도 맞은 사람처럼 창백하게 굳어 버렸다. 아빠가 나를 멍하니 바라봤다. 충격과 분노, 배신감과 실망, 의혹과 수치심 등의 감정이 어지러이 뒤섞인 눈. 아빠는 휘파람 불고 싶은 얼굴이었다. 힘겹고 지칠 때마다 어둠 속으로 뱉어 내는 경쾌한 소리.

휘이 휘휘. 슬프고 우울할 때 허공으로 흩어져 가는 행진곡. 모두 오해일 거야. 스스로에게 거는 최면. 휘이이 휘휘휘. 말해 봐, 이안. 휘이 휘휘. 아니지? 나는 아빠의 눈을 피했다. 아니라고 말해, 이안. 아빠가 다가오자 나는 뒷걸음쳤다.

내가 경찰을 밀치고 집 밖으로 뛰어나가려는 순간 귓가에 고목이 쩍 갈라지는 소리가 나고 눈앞이 핑 돌았다. 아빠가 내 멱살을 잡고 있었다. 아팠다. 아니다. 아팠는지 어땠는지 기억나지 않는다. 놀랐었나? 모르겠다. 믿을 수 없을 뿐이었다. 아빠가 나를 때렸다니 믿을 수 없었다. 하지만 그보다 더 믿을 수 없는 건 내가 결국 아빠를 실망시키고 말았다는 것이었다. 휘둥그레진 눈으로 부들부들 떨던 아빠는 그제야 자신이 무슨 짓을 했는지 알아차린 듯 얼굴이 일그러졌다. 아빠를 뿌리치고 나는 어둠 속으로 달렸다.

"아빠."

내 입에서 아빠라는 소리가 나자 어색했다. 한 달 넘게 머릿속으로만 부르곤 했으니 말이다.

"미안하다는 말, 듣고 싶었어?"

아빠가 무슨 소리냐는 듯한 눈으로 나를 봤다.

"할아버지에게서 말이야."

아빠가 아아, 하더니 가만히 고개를 가로저었다.

"아버지가 미안하다고 말했으면 정말 화가 났을 것 같아. 미안해서 돌아온 거라면…… 나는 아버지를 용서할 수 없었을 거야."

테이블에 놓인 양초 하나의 불꽃이 깜빡거렸다. 심지가 다 닳은 모양이었다. 아빠 얼굴에 그림자가 불안하게 너울댔다.

"하지만 듣고 싶은 말이 있긴 했어."

"뭔데?"

"아마도 이런 말이었을 거야."

내 얼굴을 잠시 바라보던 아빠가 말했다.

"사랑한다……. 사랑한다, 내 아들."

심지가 다 탄 초에서 새하얀 연기가 피어나 허공으로 흩어졌다. 아빠가 저만치 물러난 것처럼 아득해 보였다. 멀리 여행을 하고 돌아온 사람처럼 아빠는 피로하고 지쳐 보였다. 어둑한 창에 흐릿한 그림자가 비치고 있었다. 문득 한기가 느껴졌다.

"미처 말하지 못했을 거야. 아빠를 사랑한다고."

아빠의 뺨에 빛줄기가 고요히 흘러내렸다. 방 안 전체가 흐릿해졌다. 눈앞이 자꾸 어룽거려 나는 눈가를 쓱 닦았다. 수명이 다한 촛불이 하나하나 꺼지고 먹물 같은 어둠이 연기처럼 퍼져 갔다. 고개를 돌리자 유리창에 희붐한 것이 가만히 흔들리고 있었다. 방 안은 고요하고 문밖에서 스며드는 소리 하나 없었다. 문득 다른 손님들은 유령을 만났을까 하는 생각이 들었다. 나는 어둠을 향해 말했다.

"불고 싶으면, 휘파람 불어도 돼."

"……."

"그런데 아빠, 휘파람 불면 기분이 좀 나아져?"

"안 부는 것보다는 좀 낫지."

"아빠."

"응?"

"그 영화는 어떻게 끝나?"

"휘파람을 불며……."

"군인들은 모두 무사히 집에 돌아가?"

응, 이라고 했던 것도 같고 아니, 라고 했던 것도 같다. 마지막 기억은 아빠의 경쾌한 휘파람 소리였다. 휘파람 소리를 들으며 나는 까무룩 잠이 들었다. 꿈속에 콰이마치가 내내 울려 퍼졌다.

눈이 부셔 잠이 깼다. 햇살이 방 안 가득 퍼져 있었다. 내 옆 침대는 단정하게 정리되어 있었다. 방 안에는 나 혼자뿐이었다. 창밖의 하늘은 맑게 개었다. 멀리 히스꽃 벌판에 누가 움직이는 모습이 보였다. 너무 작아서 잘 보이지 않았다. 어쩌면 염소인지도 모르겠다.

로비는 고요했다. 지난밤의 손님들은 다 떠났는지 인기척 하나 없었다. 햇빛이 떠도는 대리석 바닥이 말갛게 빛나고 있을 뿐이었다. 프런트에 놓여 있는 벨을 누르자 어젯밤의 직원이 충혈된 눈으로 나타났다. 직원은 인사도 없이 하품만 연신 해 댔다.

"체크아웃하려고요."

직원은 뚱한 표정으로 멀거니 서 있을 뿐이었다. 잠이 덜 깬 것 같았다.

"608호예요. 숙박료는 이미 지불했을 거예요. 엄마가 예약하면서 냈다고 했거든요."

직원은 마지못해 고개만 끄덕였다. 전날 밤과 너무 다른 대접에 기분이 상했지만 어차피 떠나는 마당이니 아무려면 어떠랴 싶었다. 나는 입구 쪽으로 걸어갔다. 자동문 앞에 멈춰 섰다. 문이 꿈쩍도 하지 않았다.

"문이 고장 난 것 같아요."

나는 몸을 돌려 프런트의 직원에게 소리쳤다. 직원은 팔짱을 낀 채 빤히 바라보기만 했다.

"문이 안 열려요. 정전 때문에 문제가 생겼나 봐요."

혹시 내 목소리가 잘 안 들렸나 싶어 프런트로 돌아가 다시 한 번 말했다. 직원은 피로에 전 눈으로 나를 잠시 바라보더니 입을 열었다.

"어디 가려는 거죠?"

"어디라뇨? 집으로 돌아가야죠. 기차 시간에 늦는다고요. 빨리 문 좀 어떻게 해 봐요."

흘러내린 머리카락을 한번 쓸어 올리더니 직원이 조용히 말했다.

"문은 아무 문제도 없습니다. 그리고 기차 시간에 늦을 일은 없습니다."

영문을 알 수 없었다. 그때 프런트 뒤에 누군가 보인 것 같았다. 아마도 벽에 걸린 거울에 비친 내 모습일 것이다. 마치 어제처럼. 하지만 벽에 거울은 없었다. 이상하게 다리가 후들거렸다. 뭔지 모를 예감이 선득하게 가슴을 훑고 지나갔다.

"아버님은 고스트 투어를 마치고 집으로 돌아가셨습니다."

직원이 침착한 목소리로 말했다. 내가 뭔가 말하려 하자 직원은 고개를 가만히 저었다.

그 순간 눈부신 빛이 눈앞에 떠돌고 눈가에 뜨거운 것이 차오르더니 뺨을 타고 흘렀다. 어떤 장면 하나가 선명하게 머릿속에 떠올랐다.

그날 밤.

아빠가 부르는 소리를 뒤로하고 나는 정신없이 어둠 속으로 달리고 있었다. 그때 요란한 자동차 경적 소리가 나고 부신 빛이 눈을 찌르더니 집채만 한 것이 돌진해 왔다. 눈앞이 번쩍했고 내 몸이 공중으로 붕 떠올랐다. 그리고 이내 바닥에 내동댕이쳐졌다.

순식간에 눈앞이 암흑으로 변했다. 등은 차가웠고 얼굴에는 뜨거운 것이 흘러내렸다. 나는 눈을 뜨지 않아도 그것이 잼처럼 검붉고 끈적한 것이라는 걸 알았다. 누군가 울부짖는 소리를 들은 것도 같았다. 그게 아빠가 아니었으면 좋았을 텐데. 늦은 밤 매일 뒷마당에서 흐느끼는 게 아빠가 아니라면 좋겠는데. 휘파람을 불어요, 아빠. 아빠가 부는 휘파람 소리가 좋다고 내가 어젯밤 이야기했던가. 기억이 나지 않는다.

창밖으로 펼쳐진 초원에 붉은 히스꽃이 가만히 흔들렸다. 나는 입술을 동그랗게 모았다. 작고 희미한 소리가 새어 나왔다.

유나의 유나

첫째 시간이 끝난 뒤 쉬는 시간에 유나가 내 옆에 앉더니 뜬금없는 소리를 했다. 지금 자신은 둘로 분리되어 있다고. 나는 숙제를 베끼느라 무지 바쁜 와중에도 성심껏 대답해 줬다. 그런 거라면 나도 얼마든지 할 수 있다고. 수업 시간에 자리에는 앉아 있지만 내 마음은 전날 본 티브이 드라마 속을 떠돌거나 루나 오빠들의 콘서트장에 가 있기도 한다고. 유체 이탈은 우리 같은 학생이 가장 잘하는 일 아니냐고 말하자 유나는 그런 게 아니라 정말로 자신은 둘로 분리되어 있다고 했다.

자초지종은 이랬다. 오늘 아침 학교 오는 길에 유나는 전날 휴대폰 게임을 밤늦게까지 한 터라 온몸이 노곤하고 머리가 흐릿하여 오늘 같은 날은 정말이지 집에서 쉬고 싶다고 생각했다. 그 순간 어맛, 자신의 몸에서 스르르 뭔가 빠져나가는 것 같더니 눈앞에 유나, 그러니까 자신과 100퍼센트 똑같은 모습이라 유나가 아니라고 추호도 의심할 수 없는 유나가 생겨났다고 했다. 그래서 그 분리된 유나는 지금 부모님 모두 출근하고 난 빈집 안, 자기 방 침대에 누워 자고 있단다. 그렇게 된 이야기였다.

기가 막혀 절로 한숨이 나왔다. 나는 그럴 거면 네가 집에 누워 있고 분리된 유나(유나는 '유나 투'라고 부르자고 했다)를 학교에 보내지 그랬냐고 했더니, 유나는 너무 순식간에 벌어진 일이라 거기까지는 미처 생각하지 못했다고 뒤늦게 아쉬워했다. 그러더니 유나 투가 학교에서 무슨 실수라도 하면 어떡하냐고, 잘한 일 같다고 중얼거리며 애써 스스로를 위로했지만 실은 유나 투가 분리되자마자 바로 집으로 돌아가는데 그 걸음이 어찌나 발랄한지 그저 멍하니 바라볼 수밖에 없었다고 털어놓았다. 다음에는 꼭 네가 집에서 쉬고 유나 투를 학교에 보내라고 했더니 유나는 그럼 유나 투를 잘 부탁한다고 했다. 염려 말라는 내 말에 유나는 안심한 얼굴로 제자리로 돌아갔다. 나는 하고 있던 영어 숙제에 더욱 매진하여 수업 시작 직전에 아슬아슬하게 끝냈다. 잠시 요즘 날이 너무 더운가, 하고 생각하긴 했다.

유나는 새 학년이 되면서 처음으로 짝이 된 아이였다. 유나를 보자마자 나는 적잖이 안도했다. 유나는 딱 나와 같은 부류였다.

회 접시에 깔린 무채나 과자 봉지에 들어 있는 질소 같은 존재라고나 할까. 하루 종일 같이 있다가 집에 돌아가면 얼굴이 가물가물한, 혹은 얼굴은 생각나도 이름이 어렴풋한, 한 반에 적어도 수십 명은 있는 어련무던한 존재들. 그것이 바로 유나와 나였다. 같은 처지의 사람들끼리는 알아보기 쉬운 법이었다. 그래서 유나도 나를 처음 본 순간 망망대해에서 동종의 물고기를 만난 양 무심한 얼굴로 눈만 끔벅거렸다. 조금 개복치 같다고, 나는 생각했다.

이내 유나와 나는 둘도 없는 단짝이 되었다. 화장실도 같이 가고 급식도 나란히 앉아 먹고, 학교 앞 사거리까지 함께 걸어가 아쉬워하며 헤어지고 나서도 두 번쯤은 뒤돌아 빠이빠이를 하고 세 번째 뒤돌아봤을 때도 어김없이 눈이 마주치면 왠지 울컥하는 심정이 되어 못다 한 이야기를 잠들기 전까지 끊임없이 문자로 주고받는 단짝. 지금 유나는 나보다 다섯 줄 앞자리에 앉아 있는데 그래도 우리는 여전히 단짝, 척 보면 척 하고 통하는, 몸은 나뉘어 있지만 한 몸이나 다름없는 단짝이다. 뒤에서 보니 목을 꼿꼿이 세우고 있긴 해도 유나의 등짝에는 명백히 '안 듣고 있음'이란 기운이 감돌았다. 보나 마나 유나 투인지 뭔지 하는 걸 생각 중인 게 분명했다.

분리라는 둥, 유나 투라는 둥, 알쏭달쏭한 말을 한 며칠 뒤 일요일에 유나가 우리 집에 찾아왔다. 아침을 늦게 먹어 점심 먹기에는 이르고 그렇다고 안 먹기에는 서운한 이런 시간이면 유나는 바이올린 레슨을 받는 중일 텐데 어쩐 일인가 하다가 빙글거리는 유나를 보고 아아, 바이올린은 유나 투가 켜고 있구나, 하고 알아차렸다. 라면 먹겠냐고 했더니 기다렸다는 듯이 유나는 면은 꼬들하게 삶고 계란은 넣지 말라고 언제나처럼 신신당부했다. 그러고도 못 미더운지 약속에 도장, 복사 찡까지 하고 내 방으로 들어갔다. 라면이 다 끓어서 유나를 불렀는데 아무리 불러도 방에서 나오질 않기에 또 휴대폰 게임에 빠져 있구나 해서 가 보니 유나는 내 방 유리창에 코를 대고 있었다. 라면 먹자, 했지만 유나는 들은 척도 안 했다. 뭐에 정신이 팔렸나 하고 다가가 창밖을 내다봤지만 주차장에 세워진 차와 그 사이로 오가는 사람이 몇 보일 뿐, 별다른 건 없었다.

“세상이 어째 굉장히 작아 보인다.”

유나는 딱히 내게 하는 말은 아닌 듯, 중얼거렸다. 아파트 15층에서 내려다보면 자동차도 장난감 같고 사람도 개미처럼 보이는 게 당연하지 뭐 신기한 일이라고 태초에 빛과 하늘과 땅과 기타 등등이 있으라 말씀하신 뒤 어어, 진짜 만들어졌네, 하며 낮은 세상을 굽어보시는 하나님 같은 표정이람. 유나가 하염없이 창밖만 바라보고 있는 게 나는 좀 이상하기도 하고 어쩐지 섬뜩하기도 해서 외칠 수밖에 없었다. 야아, 라면이 붇고 있단 말이다. 나를 돌아보는 유나의 얼굴이 여느 때와 같이 얼빠진 표정이라 겨우 안심했다. 그런데 신신당부에도 불구하고 내가 또 푹 익혀 버린 면발을 먹으면서도 유나가 아무 말 없는 것이 어째 영 찜찜한 게 마치 유나 투랑 라면을 먹는 기분이었다. 에이, 설마. 어맛, 진짜?

진짜, 라고 유나가 말했다. 심지어 이틀 전에는 유나 투뿐 아니라 유나 스리, 유나 포까지 분리되는 바람에 모두 함께 윷놀이를 했다고 했다. 윷놀이는 설날에나 하는 거 아니냐고 내가 묻자 유나는 좀 생각해 보더니 다른 유나들은 잘 모르는 것 같더라고 말했다. 혹시 유나 파이브까지 분리되면 편을 어떻게 먹어야 할지 고민이라는 유나에게 나는 다섯 중 하나는 심판을 봐야지 않겠냐고 말하자 유나는 역시 그 수밖에 없겠다고 한숨을 쉬었다. 설마 유나 파이브까지 생기겠냐고 내가 위로하자 유나는 그게 방심할 수 없는 게, 유나 투가 분리되고 나서는 스리, 포가 분리되는 건 순식간이었다고 했다. 분리되자고 마음먹으면 분리되는 거냐고 묻자 유나는 파워레인저나 독수리 오형제 같은 건 아니라고 시무룩하게 대답했다. 자신도 모르는 사이 분리되는 모양이었다. 우리 의지와 상관없이 일어나는 수많은 일들이 유나에게는 하나 더 늘어난 셈이었다.

오늘만 해도 우리 집으로 오는 길에 불현듯 유나 스리가 분리되더니 그대로 혼자 영화를 보러 갔다고 했다. 내가 영화는 나랑 보지 그랬냐고 했더니 유나는 공포 영화라 어쩔 수 없었다고 대답했다. 아하. 나는 공포 영화 같은 걸 왜 돈 내고 보는지 모르겠다고 유나에게 누누이 말해 왔다. 물론 내가 초딩도 아니고 무턱대고 공포 영화를 싫어, 싫어라 하는 건 아니다. 처음에는 뭣 모르고 봤고, 다음에는 두 번 속는 기분으로다가, 그다음에는 그래도 혹시나 해서, 마지막엔 극복하겠다는 비장한 각오로 나도 할 만큼 했다. 하지만 매번 내내 비명을 지른 탓에 목은 완전히 쉬어 버리고 변기 속에서 화장지를 쥔 손이 튀어나올 것 같아 변비에 시달리고 밤에는 침대 밑을 수십 번 확인하느라 잠까지 설치게 만든, 그야말로 공포, 공포스러운 경험일 뿐이었다. 그러니까 공포 영화는 완전히 돈 낭비, 시간 낭비, 사서 고생에 셀프 고문이다. 유나도 내 말에 동감, 완전 동감이라고 했다. 그러고 보니 뭔가 이상했다. 나처럼 공포 영화를 혐오하는 유나가, 아니 유나 스리가 혼자 공포 영화를 보러 가다니.

"그러니까 유나 스리는 너랑 완전히 다른 애야?"

유나가 개복치처럼 눈동자를 굴리다가(그런데 개복치가 눈동자를 굴릴 수 있나?) 대답했다.

"사실은…… 나 공포 영화 그렇게 싫은 건 아니야."

"그래? 아, 뭐 그렇다고 쳐도 설마 좋은 건 아니지?"

세상에. 설마가 사람 잡는다더니. 설마설마했는데 유나는 공포 영화를 좋아한다고, 완전 좋아한다고 고백했다. 하, 기가 막혀.

그렇게 종종, 유나는 분리됐다. 분리된 유나는 유나 대신 학원에 가고 바이올린을 켜고 또 다른 유나는 하루 종일 만화 카페에서 질리도록 만화를 보고 피시방에 죽치고 앉아 있기도 하고 종종 공포 영화도 보러 가는 눈치였다. 놀이공원에 혼자 간 건 생각보다 별로였다고 했다. 그렇게 막 나가도 되는 거냐고 나는 속으로 생각했지만 어차피 그건 유나도 아닌 분리된 유나들의 일이라 내가 간섭할 바 아니었다.

어느 날은 몹시 피로해 보이는 유나에게 무슨 일이냐고 물었더니 고속버스를 타고 강원도 어디에 있는 목장에 다녀왔단다. 이건 또 웬 소 풀 뜯어 먹는 소리인가 했는데 유나는 소가 아니라 양을 키우는 목장이었다고 했다. 유나의 양 풀 뜯어 먹는 소리를 잠자코 들어 주자 유나는 천 원 주고 산 먹이를 양들에게 주었던 이야기를 양 볼이 발그레해질 정도로 열심히 늘어놓았다. 양을 실제로 본 경험이 없어서 처음에는 좀 무서웠지만 분홍색 혀를 날름거리며 먹이를 받아먹는 게 엄청 귀엽고 털이 북실북실하니 참 보기 좋더라고 했다.

"그런데 나오는 길에 보니까 목장 앞에서 양고기 꼬치를 팔고 있더라고."

"오호. 숯불에 구워서?"

"어어, 그렇지. 목장 안에서는 귀엽다고 먹이를 주던 사람들이 좋아라 사 먹더라."

"숯불에 구우면 좋아하지."

"인간은 잔인해."

유나는 저렇게 모두 사육당하다 한순간에 먹히는구나, 털이 북실북실했던 귀여운 것이 빨간 고기가 되었구나, 내가 먹이를 준 양도 저렇게 되는구나, 잔인해, 잔인해, 인간은 잔인하다는 생각에 조금은 슬프고 두려운 기분이 들었다고 했다.

"그런 식이면 아무것도 못 먹어. 닭도 가만 보면 상당히 귀엽다고."

"그래도 잔인한 건 잔인한 거야."

유나가 나를 빤히 바라보면서 잔인하다고 말하는 것이 꼭 나를 두고 하는 말 같아서 나는 약간 언짢았고, 아니, 실은 상당히 불쾌했다. 유나 역시 치킨이라면 환장하고 급식 반찬으로 나온 제육볶음은 두 번이나 갖다 먹으면서 나를 양꼬치나 즐기는 잔인무도한 인간으로 보는 건 너무한 거 아닌가. 게다가 난 양고기는 입에 대 본 적도 없는데 이건 진짜 너무 억울하다고 생각하다가, 아아, 이 아이는 유나가 아닌 유나의 유나구나, 깨닫고 마음을 다독였다.

시도 때도 없이, 유나는 분리됐다. 조금 전까지는 분명 나랑 하하 호호 웃고 떠들었는데 갑자기 문제집에 코를 박고 열심인 유나를 보며 나는 분리됐구나 하고 알아차렸다. 하지만 그 순간 스르르 책상에 엎드리더니 이내 코까지 고는 유나를 보면 뭐야, 유나였나, 하고 어리둥절해지기도 했다. 카프카의 『변신』이란 책을 진지한 얼굴로 읽고 있을 때는 정말이지, 유나 파이브도 참, 이라고 생각했고 야간 보충학습 시간에 문득 어두운 창밖을 내다본 순간 혼자 운동장을 돌고 있는 유나를 발견했을 때는 어이가 없어서 말문이 막혔다. 유나 식스는 질주 본능이 있는 편인가 봐? 하고 넌지시 묻자 유나는 무슨 말인지 모르겠다는 얼굴로 시치미를 뗐지만 나는 거친 숨소리를 감지할 수 있었다. 심지어 노래방이라면 질색하는 유나가 자기가 쏘겠다며 앞장서 노래방으로 들어가 최신곡을 부르며 댄스, 그것도 참으로 어설픈 댄스까지 출 때는 저 아이는 몇 번째 유나일까 생각해 보다 귀찮아서 말았다.

하지만 얼마 뒤 유나가 우리 학교 최고 미남인 지운이에게 고백했다는 소문을 들었을 때는 이건 문제도 보통 문제가 아니다 싶었다. 무채와 질소 같은 존재라도 생선회와 감자칩을 사랑할 수는 있다. 하지만 모름지기 답을 향해 나가기 위해서는 차근차근 공식을 밟아야 하는 법. 유나는 공식이니 법칙이니 하는 것을 완전히 무시해 버렸다. 아니, x와 y값이 똑 떨어지는 방정식

대신 답이 수없이 많은 부정방정식을 풀고 있는 것 같았다. 유나는 무수히 많은 값을 마구잡이로 넣어 보고 있었다. 유나가 범한 오류 중 하나는 내게 한마디 상의도 없었다는 거였다. 나는 왠지 모를 착잡하고도 분한 마음에 사건(이건 사건이 아니라 사고 아냐?)의 내막을 은근히 캐물었는데 유나는 개복치 같은 눈망울로 순순히 털어놓았다.

"뭐, 그냥……, '나랑 사귈래?' 그랬지."

유나의 말에 나는 놀라서 미친 듯이 뛰는 심장을 누르며 간신히 말했다.

"어우, 야. 문자도 아니고 그렇게 대놓고 고백하는 건 예의가 아니지 않지 않아?"

유나는 선선히 동의하며 안 그래도 휴대폰 번호를 먼저 물어보려고 했는데 귀찮은 생각이 들어서 고백해 버렸다는 것이다. 대답은 그 자리에서 바로 들었다며 유나는 두 손으로 엑스 자를 만들어 보였다.

"잘됐어. 아, 아니 내 말은……, 겉만 번지르르했지 별것도 아닌 녀석이잖아."

하지만 유나와 나는 같은 부류, 무엇보다 열광하는 것은 바로 그 번지르르함 아니던가. 풀 죽은 유나를 보니 동변상련의 정 같은 것이 울컥울컥 치밀어 올랐다.

"네가 아까워. 넌 뭐냐, 분리 같은 것도 되잖아."

분리 같은 것이 경쟁력이 될까 싶었지만 일단 위로하고 싶어 뭐든 말해 보았다.

"힘내."

"으응."

유나는 힘없는 소리로 대답했지만 어째 얼굴은 미소, 어쩌자고 미소를 짓고 있었다. 나는 이번에도 아니구나, 유나가 아니구나, 깨달았다. 아마도 『변신』을 읽던 유나 파이브(혹시 읽던 책이 '변심'이었나?), 아니 그렇게 막무가내인 걸 보면 질주 본능이 있는 유나 식스일 거라고 추측했다.

점점 더 빈번히, 더 많은 숫자로, 유나는 분리되었다. 그런데 이상하게도 유나가 많아지면 많아질수록 유나가 흐릿해졌다. 실제로 흐릿해진 건 아니고 집에 돌아와 침대에 누워 유나의 얼굴을 떠올리려고 하면 이상하게 잘 그려지지 않았다. 아무리 무채 같고, 질소 같은 존재라도 그럴 수는 없었다. 유나와 나는 둘도 없는 친구 아닌가. 그런데 둘도 없는 친구 맞나 하고 생각해 보니 유나가 자꾸 분리돼서 둘도 되고 셋도 되고 최근 들어서는 열일곱까지 되고 보니 둘도 없는 친구라는 건 이제 틀려 버렸구나 하고 완전 뒤죽박죽인 심정이 되었다.

"문제라도 생기면 어쩌냐?"

대량생산에는 어쩔 수 없이 부작용이 뒤따르게 마련이니까. 나는 우려한 나머지 조심스레 물었고 유나는 개복치처럼 눈동자를 굴리다가(개복치가 눈알을 굴릴 수 있는지 아직 조사해 보지 않았다!) 유나들이 자잘한 실수는 해도 큰 사고나 문제는 일으키지 않을 거라고 말했다.

"뭐, 그럴 수도 있지. 하지만 어떻게 알아?"

"자기가 자기 자신을 모르면 누가 알아?"

유나는 이번에는 개복치처럼 눈동자를 굴리지도 않고 대답했다. 나는 적잖이 놀랐다. 유나가 이렇게 야무진 애였다니. 아무래도 유나가 아니라는 생각이 들었다. 그렇다. 유나 포, 아니면 유나 파이브에게 나는 말을 했던 모양이었다.

그날 이후부터인가, 아니면 그 이전부터였을까. 유나와 나는 왠지 서먹해졌지만 유나가 그런 상황이고 보면 그도 그럴 법했다. 유나가 내 옆자리에 그전처럼 자주 와 앉지 않아도, 저만치 떨어진 곳에서 다른 애들과 어울려 크게 웃는 유나의 웃음소리가 들려와도 나는 별로 신경 쓰지 않았다. 신경 쓸 게 뭐 있겠는가. 어차피 그건 유나 일레븐이나 유나 트웰브일 뿐인데. 게다가 그것이 유나의 분리된 유나라는 걸 아는 건 나 하나, 세상에 나 하나뿐이었으므로 나는 좀 뿌듯하기까지 했다. 자신의 비밀을 알고 있는 사람과는 친구 아니면 적이 될 수밖에 없는데, 유나와 내가 적이 될 이유는 도무지 없으니 유나와 나는 하늘이 두 쪽 나더라도 친구, 친구인 게 분명했다. 단지 마음속으로 휭하니 바람이 불어 드는 것 같고 밥 먹고 돌아서기 무섭게 배가 고파지곤 해서 나는 그 이유를 곰곰이 생각해 보다 아아, 가을이 머지않았음을 알았다. 여름 한낮의 햇살 속에서도 나는 가을의 기척을 분명 느낄 수 있었다.

그러던 어느 날 유나가 밤늦게 전화를 걸어왔다. 지금 우리 집 앞에 와 있다고 말하는 유나의 목소리는 어째 다급하게 들리는데다 우리 집에 찾아온 건 제법 오랜만이고(무려 3주 하고 5일 만이었다) 게다가 이런 늦은 시간에 온 건 처음이라 나는 운동화를 대충 꿰신고 우다다다 뛰어나갔다.

"유나 투가 없어졌어."

"아아, 어쩌다가!"

나는 일 났구나, 하는 뜻으로 말했는데 유나는 유나 투가 사라진 이유를 묻는 것으로 알아들었는지, 학원에 대신 보내고 일요일에 바이올린 레슨을 몇 번 받게 한 게 원인 같다고 자백하듯 주절거렸다. 유나의 말에 나는 이건 틀렸구나, 유나 투가 돌아올 리 없겠구나 싶었다. 유나 투 아니라 유나 일레븐이라도 학원 수업이나 과외 같은 걸 줄곧 대신 받아야 한다면 도망가고 싶지 않겠느냔 말이다.

그러게 내가 대량생산의 부작용에 대해 경고하지 않았냐고 하자 유나는 울먹이기 시작했다. 그런 유나를 보자 자기가 자기를 제일 잘 안다고 자신만만하더니 이게 뭐냐고 하려던 말은 쏙 들어갔다. 대신 나는 유나의 손을 잡고 찾을 수 있을 거라고 달래며 애써 침착한 목소리로 실종 당시 유나 투의 인상착의와 특이 사항, 사건 정황을 하나하나 묻다가 젠장, 엄청 쓸데없는 걸 물어보고 있다는 걸 깨달았다. 유나 투는 어차피 분리됐다 합쳐지는 존재, 그러니까 수시로 생겼다 없어지는 게 자연스러운 일 아니냐고 했더니 유나는 그렇긴 하지만 유나 투가 나타나지 않은 지 일주일이 넘었다고 비통한 목소리로 말했다.

"그런데 없어진 게 유나 투 맞아? 유나 스리나 포는 아니고? 어차피 다 똑같잖아."

"똑같다고? 무슨 소리야? 유나 투는 유나 투지, 유나 스리랑 포하고는 전혀 달라."

야무지게 말하는 유나를 보고 아, 이게 또 유나가 아닌가, 하다가 개복치처럼 순진무구한 눈망울을 보니 의심하는 내가 도리어 부끄러워지고 말았다.

"그럼 유나 투는 어떤데? 유나 투는 어떤 애야?"

"그러니까 말이지……, 우선 잠이 많고, 휴대폰 게임을 좋아하고……."

'애타게 찾던 파랑새는 옆집에 있다'거나 '범인은 사건 현장에 반드시 다시 나타난다'는 말을 떠올리며, 우선 유나네 집 주변을 찾아보기로 하고 유나와 나는 나란히 자박자박 발을 맞추며 걸었다. 오랜만에 함께 걸으니 어쩐지 신선하기도 하고 놀러라도 가는 듯 기분이 살랑살랑하기도 했지만 유나는 어두운 표정으로 유나 투에 대한 정보를 들려주는 데 여념이 없었다. 자기 전에 과자 먹는 걸 좋아하지만 양치질은 건너뛰기 일쑤라 충치가 많고, 운동신경과 체력은 바닥이고, 끈기가 모자라며 식탐과 방귀 냄새가 좀 있는 편이고('좀'이 아니고 '많이'라고 고쳐 주고 싶었다), 책임감이 있다기보다는 싫다는 소리를 잘 못하고(그러니까 학원 출석이나 바이올린 레슨을 맡긴 거겠지), 낯을 가리기는 하지만 일단 친해지면 말도 못 하게 수다스러워지고 엄청 크게 웃는다 등등. 그런 특징들은 나도 너무 잘 알고 있는 거라 이건 유나 투가 아니라 유나에 관한 이야기가 아닌가 하는데 뒷담화도 좀 하는 편이라는 유나의 말이 유독 내 귀에 꽂혔다.

"혹시 내 뒷담화도 했어?"

"에이, 네 뒷담화 할 게 뭐가 있어. 넌 좀 남을 무시하고 쌀쌀맞은 구석이 있지만 근본이 나쁜 애는 아니고 다만 수줍고 자기표현에 서툰 것뿐이라고 했지. 남을 무시할 만한 주제도 못 되는데 아유, 무슨 무시야."

"야!"

"유나 투가 그랬다고."

부아가 났지만 유나 투가 그랬다니 유나에게 따지기는 아무래도 애매해서 유나 투 잡히기만 해 봐라, 본때를 보여 주마, 하다가 문득 좋은 생각이 떠올랐다.

"구태여 유나 투를 찾을 필요가 있을까?"

"그게 무슨 소리야?"

유나가 놀란 개복치처럼 눈이 동그래져서 물었다(개복치는 놀라면 몸을 부풀린다고 하는 모양이었지만).

"생각해 봐. 이성적으로 판단해 보면 유나 투는 없는 게 나아."

"어째서?"

"게으름, 게임 중독, 충치, 또 뭐냐, 저질 체력, 식탐, 방귀, 낯가림, 수다, 우유부단, 뒷담화, 크게 웃는 건 그렇다 치고, 종합적으로 보자면 그런 건 없는 게 낫잖아. 혹시 학원과 바이올린 레슨 때문이라면 네게는 유나 스리, 포, 파이브……, 아무튼 얼마든지 있잖아. 걔네들에게 맡기라고."

"그래도……."

유나가 머뭇거리다 말했다.

"널 제일 좋아했어. 라면도 꼭 푹 퍼지게 끓이는 게 딱 자기 취향이라고."

이게 무슨 소린가.

"그럼 우리 집에 놀러 왔던 게 유나 투야?"

"……늘 그런 건 아니야. 종종, 아니, 좀 자주 그러긴 했지."

설마설마했는데 내가 이제까지 껍데기랑 노닥거리고 있었단 말인가.

"날 제일 좋아했다고? 유나 투가?"

"너 코 파는 것도 귀엽대. 코딱지를 아무 데나 튕기는 건 좀 그렇지만."

"아, 내가 언제?"

"유나 투가 그랬다니까."

아휴, 또 유나 투라니 유나한테 더 따질 수도 없고.

"그리고…… 접때 지운이한테 고백했을 때 너 엄청 뭐라고 했잖아? 좀 심하다 싶어서 곰곰이 이유를 생각해 보니 아무래도 네가 지운이를 좋아하는 것 같다더라. 근데 그때는 몰랐대. 알았으면 고백 같은 거 안 했대."

"야, 무슨 그런! 내가 누굴 좋아했다고. 오해야, 오해……. 어어, 그럼 그때 고백한 게 유나 투란 말이야?"

유나는 대답 대신 알쏭달쏭한 미소만 지었다.

"그런데도 유나 투가 나를 좋아했다고?"

"으응."

"코딱지 파서 아무 데나 튕겨도 좋단 말이지?"

"그렇다니까."

젠장. 그렇게 야무지게 말하면 아무래도 믿을 수밖에 없다니까. 나는 잠시 유나를, 나를 빤히 바라보고 있는 유나의 눈을 들여다보다 말했다.

"그럼, 찾아야지."

찾아야지, 찾아야지, 날 제일 좋아하는 유나 투를 찾아야지, 하며 유나와 나는 다시 자박자박 발을 맞추며 걸었다. 유나네 집 주변을 마저 돌고, 편의점과 피시방을 들렀다가, 가로등이 꺼진 후미진 골목을 지날 때는 서로의 손을 꽉 잡고, 이곳저곳 헤매는 동안 나는 문득 무채와 질소를 떠올렸다. 꼭 필요한 건 아니지만 없으면 서운한 그 미묘한 존재들. 하지만 그들은 회를 위한 무채, 과자를 위한 질소 아닌, 어디까지나 무채의 무채, 질소의 질소인 게 아닐까. 충치, 게으름, 우유부단, 낯가림도, 아무리 모자라고 부끄러워서 없애고 싶은 부분이라도 그것은 유나의 부분, 유나의 유나라서 우리는 지금 이렇게 찾는 중일 것이다. 우리에게 미지수 x의 값은 하나도 둘도 아닌, 아직은 정할 수 없는 미정, 우리가 풀고 있는 건 미정, 미정 방정식이다.

"그런데 너, 유나 맞니?"

유나는 빙그레 웃기만 했는데 그것이 살짝 찝찝했지만 아무래도 상관없다고 생각하며 나는 유나의 손을 잡고 걸었다. 어디까지 가야 할지 몰랐지만 유나와 나는 함께이므로, 어둑하지만 군데군데 가로등이 빛나 그것이 꼭 우릴 향해 빛나는 달과 별 같기도 한, 그 희미한 길을 따라 계속 걸었다. 유나의 유나를 찾아, 나와 유나는 간혹 헤매기도 하며 어둠 속을 함께 차박차박 나아갔다.

유나는 변함없이 일요일 오후 애매한 시간에 찾아왔고 나는 덜 익거나 퍼진 라면을 대접했고 유나는 너무 꼬들하다거나 너무 익었다며 잔소리를 하면서도 그릇을 말끔히 비웠다. 내가 질소는 지구 대기의 78퍼센트를 차지하는, 지구 생명체의 구성 원소라고, 그러니까 너와 나, 우리 모두는 질소로부터 생겨났다는 걸 아느냐고 묻자 유나는 개복치처럼 어리둥절한 표정을 지으며 그게 무슨 소리냐고 되물었다. 나는 세상이 아득히 작아 보일 때 시작된 이야기라고 말해 주었다. 요즘은 나도 가끔 분리되는 것 같다는 말은 해 줄까 말까 망설이며 나는 유나, 혹은 유나의 유나일지도 모를 유나에게 웃어 보였다.

붉은 손가락

윤호는 겨울이 좋았다. 장갑을 낄 수 있기 때문이었다. 장갑을 낄 수 없는 계절에는 늘 손을 주머니에 넣고 다녔다. 윤호의 손등이 유난히 붉었기 때문이다. 마치 추위에 튼 아이의 뺨처럼 붉었다. 자세히 보면 작은 좁쌀 같은 것이 오돌토돌하게 손등 가득 퍼져 있어 전체적으로 붉은색을 띠었다. 눈여겨본 사람이라면 징그럽다고 생각하거나 흉측한 병이 아닐까 흠칫 놀랐다. 그런 이유로 윤호는 어릴 때 병원에 많이 다녔다.

피부과 의사는 알레르기 때문일 거라고 했다. 하지만 각종 알레르기 검사에서 윤호는 모두 음성 판정을 받았다. 집먼지와 진드기, 동물의 털과 과일, 단백질과 햇빛 등의 수없이 많은 항목은 윤호의 붉은 손등과는 무관했다. 내과적인 문제일 수도 있다고 했다. 피검사와 소변검사, 위와 대장 내시경과 엑스레이 촬영 등의 수많은 검사들은 윤호가 건강하다는 것을 증명해 줄 뿐이었다. 한방 병원에서는 타고난 체질 탓이라고 했지만 한약을 지어 먹어도 효험은 없었다. 이런저런 민간요법도 별 소용 없었다. 어쩌면 알 수 없는 뭔가에 민감하게 반응하는 건지도 모른다고 했다. 하지만 그 뭔가를 명확하게 말해 주는 의사는 아무도 없었다. 생명과 건강에는 별 지장이 없을 거라는 애매한 진단을 받았을 뿐이다.

대외적으로 윤호의 엄마는 햇빛 알레르기라는 병명을 택했다. 윤호는 건강하고 단지 손등이 붉을 뿐이었지만 명확한 병명이 필요했다. 사람들이 병명에 집요하게 관심을 보였기 때문이었다. 혹시 불량한 위생 상태나 못된 습관 탓, 혹은 유전적인 이유가 아닐까 하고 추측하는 사람들의 눈이 곱지 않았다. 사람들이 가장 궁금해한 건 전염병이 아닌가 하는 것이었다. 윤호의 엄마는 유치원 발표회에서 남몰래 가슴을 쳐야 했다. 아이들이 윤호의 손을 잡지 않으려 해 무대 위에서 윤호 혼자 둥근 원 밖에 멀뚱히 서 있었기 때문이었다.

햇빛 알레르기 정도면 무난했다. 난치병이지만 전염병은 아니다. 저 자신은 괴롭지만 남에게 피해를 주지는 않는다. 조금 민감한, 그것도 햇볕에 민감한 아이라고 주위에 말하다 보니 정말 그런 것으로 여겨졌다. 예민하고 쉽게 깨지는 유리 같은 아이. 윤호의 엄마는 심지어 윤호가 특별한 존재로 느껴지기까지 했다. 어느 틈에 투명하고 반짝반짝 빛나는 유리의 또 다른 속성만을 떠올리게 됐기 때문이다.

윤호는 늘 긴소매 옷을 입고 다녔다. 그것도 두어 치수 큰 옷을 풍덩하게 입었다. 손등을 가리기 위해서였다. 여름에는 더웠지만 더운 것이 붉은 손등을 내놓고 다니는 것보다는 낫다는 것을 어린 윤호도 이해했다. 윤호는 건강해서 잘 자랐고 손등의 붉은색도 윤호의 성장과 함께 조금씩 자라났다. 색도 차츰 더 짙어졌다.

대외적으로 햇빛 알레르기고 보니 윤호는 밖에 잘 나가지 않는 아이가 되었다. 윤호는 제 방에서 혼자 지내는 것이 좋았다. 휴대폰으로 게임을 하거나 엄마 몰래 과자를 먹고(엄마는 예민한 윤호가 어릴 때부터 과자 먹는 것을 금해 왔다) 학원 숙제를 했다. 간혹 손등 가득 퍼져 있는 붉고 오돌토돌한 것을 가만히 바라보는 때가 있었다. 순식간에 번식하는 붉은 개미 떼 같다고 생각하기도 했다. 붉은 개미에게 물리면 물린 자리가 붓고 빨개지며 가렵고, 가려워서 긁다 보면 열이 나고 진물이 흐르며 드물지만 쇼크사한다고도 했다.

윤호는 손등이 가렵지 않았다. 열도 없다. 단지 붉을 뿐이었다. 윤호는 사실 손등보다는 손바닥을 들여다보는 때가 많았는데 딱히 이유가 있어서는 아니었다. 손바닥을 들여다보다 자신의 손금이 유난히 또렷하다거나 약지보다 검지가 길다는 것을 알게 되었다. 혹은 지문이 오른쪽으로 다소 치우친 소용돌이 모양이라는 것을 발견하며 제 방에 틀어박혀 있는 동안 윤호는 그늘에서 자란 콩나물처럼 점점 길쭉하고 호리호리해졌다. 그런 외모 때문에 더욱 예민해 보이기도 했다.

윤호는 말이 없고 숫기도 없는 편이었다. 사교성마저 없어 친구도 없었다. 그런 모든 것들이 붉은 손등과 조금은 연관이 있었다. 윤호는 어느 틈엔가 손등보다는 저 자신을 감추는 데 익숙해졌다. 있는지 없는지 모르게 조용하고 두드러지지 않는 아이, 그것이 윤호였다. 다소 수줍어서 손을 들어 발표하거나 질문에 또렷이 대답하지는 않아도 수업 시간에 떠들거나 조는 일 없이 조용히 필기하고 지각도 하지 않는 성실한 학생이었지만 그런 것은 누구의 기억에도 남아 있지 않았다. 윤호를 설명하는 데는 손등 하나면 충분했다.

윤호는 수업 시간에 신체의 면역 체계에 대해 배운 적이 있다. 면역 체계는 자신이라고 생각되는 것 이외의 것을 공격해서 없애거나 몸 밖으로 배출시킨다. 사람들의 사회도 마찬가지라는 것을 윤호는 알게 되었다. 자기와 다른 것은 배척하고 공격했다. 그것을 윤호는 유치원 다닐 때부터 경험했다. 손을 잡지 않는 정도였던 따돌림은 시간이 갈수록 점점 심해졌다. 이상한 것을 발견하면 그것이 좋은 것이든 좋지 않은 것이든 상관없이 조롱하고 물어뜯는 것을 재미로 여기는 아이들에게 윤호의 붉은 손등은 좋은 먹잇감이었다. 햇빛 알레르기 같은 것은 오히려 윤호가 허약하다는 것을 드러내 괴롭히기 좋은 빌미를 만들어 줬을 뿐이다. 아이들은 내키는 대로 윤호를 조롱하거나 괴롭히고 간혹 폭력도 서슴지 않았다. 행동으로 드러내지 않는 아이들도 속으로는 어느 정도 동조했다. 최소한 자기들은 공격당하지 않았으니까. 윤호는 공고히 결속된 원의 바깥에 있는 아이였다.

그런 이유로 윤호는 사람들을 좋아했다. 자신의 사람들. 그들은 모두 윤호의 방 안에 있었다. 그들은 점잖고 예의 바르고 품위가 있었다. 그들은 윤호의 작은 방에서 저 좋은 자리에 편히 앉아 조용조용 이야기를 나누었다. 날씨와 미세먼지, 좋아하는 영화와 음식, 취미와 취향, 기르고 있는 강아지 혹은 고슴도치, 새로 나온 게임, 언젠가 가 보고 싶은 여행지와 화성과 화성 탐사 로봇, 전쟁과 난민에 이르기까지 대화의 주제는 광범위했다. 이야기하지 않는 건 단 하나, 윤호의 손등에 관해서뿐이었다.

그들은 윤호가 알거나 잘 모르지만 호감을 가지고 있는 사람들이었다. 어렸을 때 읽었던 동화책의 주인공도 몇 끼어 있었다. 갑옷을 입은 기사와 검은 망토로 얼굴을 가린 도둑의 딸, 그리고 냉정한 얼굴의 얼음마녀. 그들은 대화를 나누다가도 윤호가 입을 열면 조용히 귀를 기울였다. 모두 지혜롭고 현명한 사람들이었지만 늘 윤호의 의견을 존중하고 인정해 주었다. 윤호는 그들 앞에서 마음껏 이야기를 했다. 이야기 주제를 정하고 결론을 내렸다. 모든 것을 마음대로 할 수 있었다. 그곳은 작은 왕국이었으며 통치자는 바로 윤호였다.

최근에 윤호의 방에 새로운 인물이 나타났다. 윤호와 같은 동아리 아이였다. 윤호는 천체 관측부였다. 윤호가 천체 관측부에 든 것은 남은 자리가 그것뿐이었기 때문이다. 윤호는 원하는 동아리에 가입하기 위해 손을 들거나 가위바위보에 끼고 싶지 않았다. 원하는 동아리가 딱히 없기도 했다. 원한 것이 있다면 번거로운 활동이 많지 않은 동아리였으면 했다. 첫날 천체망원경 조작법을 보여 주는 선생님을 멀찍이서 구경했을 뿐, 동아리 활동은 주로 별과 우주에 관한 다큐멘터리나 〈그래비티〉〈콘택트〉 같은 영화를 보는 것이었다. 번거로운 활동이라고는 여름방학 중에 있는 1박 2일 천문대 체험학습이었는데, 의무적인 건 아니고 원하는 사람만 참여한다고 했다. 윤호는 일찌감치 가지 않는 것으로 내심 결정해 놓았다. 거의 아무것도 할 일이 없었다. 다큐멘터리나 영화를 본 뒤 보고서나 감상문을 대충 써내면 됐다. 얼떨결에 들게 됐지만 윤호는 동아리가 꽤 마음에 들었다. 영화를 보기 위해서는 어둠이 필요하다는 것이 무엇보다 좋았다. 그 아이가 윤호의 방에 나타나기 전까지는 그랬다.

그 애가 도대체 왜 자신의 방에 나타났는지 윤호는 이해할 수 없었다. 그 애를 전혀 모른다고 할 수는 없지만 안다고 할 수도 없었다. 같은 학년이란 건 알지만 몇 반인지는 모른다. 이름조차 몰랐다. 유독 얼굴이 하얗고 목이 길고 가늘어서 조금 염소처럼 보이기도 했다. 그것이 윤호가 그 애에 대해 아는 전부였다.

교실 앞 우측 벽, 천장 가까이에 달려 있는 텔레비전과 윤호가 앉는 창가 맨 뒷자리를 잇는 비스듬한 대각선 중간에 늘 그 애가 앉아 있었다. 어쩌다 화면이 밝아지면 어둠 속에서 그 아이의 옆얼굴이 창백하게 빛났다. 화면을 향해 고개를 들고 있는 그 애의 납작한 이마와 부드러운 콧날과 작은 턱을 타고 흘러내린 빛이, 완만한 언덕 위에서 걱정 없이 풀을 뜯는 짐승처럼 부주의하게 가늘고 긴 목을 훤히 드러냈다. 탐사선을 잃고 별 사이를 떠도는 우주인이 보내는 구조 신호가 그 애의 얼굴에 닿아 깜빡거렸다. 때론 가련한 푸른색으로, 때론 소멸하는 은빛으로, 어둠 속에서 희미한 빛을 냈다. 마치 막막한 우주 속의 작은 별처럼. 그것이 잠깐 인상적이었을 뿐이었다.

그 아이가 방에 나타나자 사람들이 조용히 동요하는 것을 윤호는 느꼈다. 그들은 마치 그 아이가 보이지 않는 것처럼 굴었다.

아무도 그 애를 똑바로 바라보지 않았다. 그렇다고 힐끔거리지도 않았다. 그들은 점잖고 예의 바른 사람들이기 때문이다. 누군가 날씨 이야기로 입을 열었지만 여느 때와 달리 활기 없이 오고 가던 대화는 이내 사그라지고 말소리가 뚝 끊겼다. 사람들은 블라인드를 내린 어두운 창과 벽 혹은 바닥을 우두커니 바라보다 하나둘 방을 떠났다. 방에 그 아이만 남았다. 윤호는 손바닥을 위로 한 채 오른쪽으로 치우친 소용돌이 모양의 지문만 들여다보았다.

윤호는 집에 늦게 들어가기 시작했다. 집에 돌아가도 전과 달리 거실에 앉아 있곤 했는데 정말 고역이었다. 방 안에 사람들이 기다리고 있었기 때문이다. 하지만 그 아이도 와 있을 거라고 생각하면 차마 방으로 들어갈 수 없었다.

수업이 끝난 뒤 윤호는 학교 운동장 한편에 앉아 있곤 했다. 빈 운동장 가운데에 적당한 거리를 두고 아이 둘이 서 있었다. 하나가 야구공을 던지면 하나는 받았다. 그러기를 반복했다. 공이 커다란 포물선을 그리며 교문 가까이로 날아가자 공을 향해 펄쩍 뛰었다가 받아 내지 못한 아이가 공을 던진 애에게 뭐라고 소리쳤고 공을 던진 애도 뭐라고 맞서 고함을 질렀다. 서로 주고받는 목소리가 점점 높아지더니 공을 놓친 아이가 글러브를 벗어 바닥에 패대기치고 근처에 벗어 둔 가방을 들고 운동장을 떠나 버렸다.

공을 던졌던 애는 바닥에 내팽개쳐진 글러브를 집어 흙을 툭툭 털고 교문 쪽으로 걸어갔다. 교문 앞에 멈춰 선 애는 이리저리 두리번거렸다. 그러고는 바닥을 한참 살피다 고개를 돌려 제가 빠져나온 운동장을 유심히 바라보았다. 아이는 담장을 따라 운동장을 한 바퀴 돌고 운동장을 가로지르고 가로질러 온 길과 직각으로 다시 운동장을 가로지른 뒤에도 공을 찾지 못하고 떠났다. 그런 것을 지켜보다 윤호도 학교 교문을 빠져나갔다.

바로 집으로 간 건 아니었다. 학교 주변을 이리저리 걷다가 어둑해지자 편의점에 들어가 엄마가 금한 라면과 과자와 단맛이 많이 나는 음료수를 천천히 먹고 마셨다. 그래도 시간은 충분히 흐르지 않아 집 주변의 산책로를 걷기도 했다. 몇 년을 살았지만 산책로를 걷는 건 처음이었다.

탁한 물이 흐르는 작은 하천을 따라 수양버들이 머리를 내려뜨리고 풀들이 사람 키만큼 솟아 있었다. 낚시 금지라고 쓰인 표지판 아래에서 한 남자가 낚시를 하고 있었다. 무엇이 잡히나 윤호는 멈춰 서서 지켜보았다. 얼마 지나지 않아 낚싯대가 휘어지더니 줄을 따라 커다란 물고기 한 마리가 물속에서 거세게 퍼덕였다. 남자는 뜰채로 물고기를 건져 올렸다. 남자의 팔뚝 정도 되는 길이에 살이 꽉 차 있었다. 전체적으로 검은빛을 띠고 배와 꼬리 부분이 희미하게 은빛으로 빛나는 물고기였다. 잉어 같기도 했지만 아닌 것도 같았다. 남자는 그 자리에서 칼로 물고기를 토막 내어 물속에 던졌다. 토막 난 물고기가 첨벙첨벙 물속에 잠겨 들자마자 무수한 물고기가 모여 파닥거리며 동족의 죽음에 기뻐 날뛰었다.

윤호는 물을 따라 걷다가 뛰고 숨이 차면 걷다 다시 땀이 나도록 달리다 피곤해져서 집으로 돌아왔다. 방 안에 들어가자 기다렸다는 듯이 사람들이 하나둘 모였다. 사람들이 자리를 잡고 앉기도 전에 내쫓고 윤호는 침대에 누워 잠을 청했다. 사람들은 다 돌아갔지만 그 아이는 돌아가지 않고 어둠 속에서 창백하게 빛나며 앉아 있었다. 보지 않으려고 윤호는 눈을 감았다. 눈꺼풀에 빛의 잔상이 남아 어지러이 소용돌이쳤다.

소용없었다. 그 애는 어디에나 나타났다. 방과 후 빈 운동장, 편의점과 산책로 어디에나 그 애가 있었다. 그때마다 윤호는 몸을 피했지만 그 애는 끈질기게 따라왔다. 어느 날 운동장 구석 벤치에 앉아 있을 때 그 애가 옆에 와 앉자 윤호는 단념해 버렸다. 벗어날 수 없음을 윤호는 알았다.

곁에 앉고 보니 그 애는 굉장히 작았다. 윤호는 보지 않는 척하며 그 애의 얼굴을 살짝 훔쳐봤다. 하얗다 못해 투명한 얼굴은 실핏줄이라든가 섬세한 뼈가 다 비칠 것 같았다. 그 애는 교복 치마 위에 가지런히 손을 올려놓은 채, 침착한 얼굴로 앉아 있었다. 바람이 살짝 불자 희미하게 향내가 풍겨 왔다. 운동장 담을 타고 퍼져 있는 넝쿨에 핀 연보라색 꽃에서 나는 냄새였다. 이제 곧 여름이었다. 반소매 교복으로 갈아입는 계절이 온다. 윤호는 여전히 긴소매 옷을 입고 겨울이 어서 오기를 기다리며 무더운 여름을 날 것이다.

윤호의 손등이 처음부터 붉었던 것은 아니었다. 어느 여름 바닷가에 다녀온 뒤였거나 유독 추웠던 겨울 어느 날 장갑 없이 외출한 다음, 혹은 누군가의 결혼식장에서 잡채와 김밥을 먹고 온 날부터였다고 윤호의 엄마는 말했지만 어느 것도 사실은 아니다. 덥지도 춥지도 않은 어느 날, 여느 때처럼 등원한 유치원에서 일어난 일이었다.

노란 버스에서 아이들이 내리자마자 선생님은 오줌부터 누게 했다. 화장실 앞에서 줄을 서서 차례차례 오줌을 누고 손 씻은 것을 검사받은 다음에 아이들은 서너 명씩 어울려 놀기 시작했다. 윤호가 쌓은 블록을 툭툭 치던 애들이 같은 반인 한 아이의 이름을 말하며 그 애의 팬티를 봤냐고 윤호에게 물었다. 그 아이라면 늘 단정하게 빗은 머리에 커다란 리본을 달고 오는 애였다. 그 애는 보여 달라고 하면 팬티를 보여 준다고 했다. 다들 봤다고 했다. 블록을 무너뜨리며 애들은 윤호에게 말했다. 너만 못 봤어.

윤호를 앞세우고 아이들은 리본을 한 아이 앞으로 갔다. 그 여자애는 유치원 마당 구석에서 혼자 모래 놀이를 하고 있었다. 아이들은 리본을 에워싸고 윤호에게 어서 말하라고 채근했다. 윤호는 전혀 보고 싶지 않았지만 말해야 한다는 것을 알았다. 윤호가 말하자 리본을 한 아이의 표정이 우그러졌다. 윤호는 알았다. 보여 주지 않는구나. 나만 못 보게 되는구나. 윤호는 여자애의 치마를 걷어 올리고 흰 타이즈를 힘껏 잡아 내렸다. 여자애가 놀라서 윤호의 손을 뿌리치더니 울음을 터뜨렸다. 윤호 옆에 서 있던 애들이 일제히 웃었다. 윤호도 따라서 웃었다. 얼굴이 따끈따끈해지고 온몸에 미열이 오르는 것도 모르고 윤호는 웃었다. 노란 버스를 타고 집으로 돌아오는 윤호의 손등에 붉은 점이 생겨나 있었다. 처음에는 오백 원 동전만 한 크기였고 흐릿한 붉은색이었다. 그것이 조금씩 커지고 점점 진해졌다.

윤호 손등의 변화를 다른 이들이 알아차린 건 한참 지난 뒤였다. 할아버지 생신이라 작은아버지와 고모네 가족까지 모두 모인 자리였다. 오랜만에 만난 할머니가 테이블 건너편에 앉은 윤호의 손등에 묻은 게 뭐냐고 큰 목소리로 지적했다. 윤호는 그때 빙글빙글 회전하는 둥근 탁자가 신기해서 자꾸 돌려 보고 있었다. 모두의 눈이 윤호의 손등을 향했다. 할머니는 애 하나 간수 못한다고 윤호 엄마를 타박했다. 어디에서 뭘 묻혀 온 모양이라고 윤호의 아빠는 대수롭지 않게 말했고 작은아버지는 남자애들은 다

그런 법이라며 요리를 하나 더 시키자고 했다. 윤호 엄마는 밥을 먹다 일어나 윤호를 화장실로 데려가 손을 씻게 했지만 아무리 닦아 내도 손등의 붉은색은 지워지지 않았다.

윤호는 손을 바라보고만 있었다. 치마 위에 가지런히 놓인 그 애의 손을. 손 역시 빛이라고는 한 번도 쐬지 않은 것처럼 하얗고 말갰으며 손등은 물론 어디에도 얼룩 한 점 없었다. 너무도 매끄러워 보여 백자 항아리나 영롱한 크리스털 유리잔의 표면을 쓰다듬듯 만져 보고 싶다는 생각이 들었지만 윤호는 바지 주머니에 제 손을 집어넣었다. 손을 내밀어 본 적 없으니 손을 맞잡는 법도 윤호는 몰랐다.

윤호는 자신의 방에 모인 사람들이 늘 그러했듯이 이제 초여름 같다는 날씨 이야기로 대화를 시작해 보려 했지만 왠지 바보 같은 생각이 들었다. 중요하고 인상적인 이야기를 하고 싶었지만 그게 무엇인지 알 수 없었다. 그래서 자신의 사람들에 대해 이야기해 보려 했다. 그들은 윤호에게 중요한 사람들이었기 때문이다. 그들이 얼마나 예의 바르며 품위 있는 사람들인지, 그런 사람들이 얼마나 자신을 대단하게 생각하는지 윤호는 알려 주고 싶었다. 하지만 쉽지 않았다. 자신의 방에서는 사람들 앞에서 그렇게 이야기를 잘했건만 아무것도 말할 수 없었다.

등이 축축해지고 입이 바짝 말랐다. 윤호는 집으로 돌아가고 싶었다. 블라인드가 내려져 있는 어둑한 방으로 돌아가 자신의 사람들과 이야기하고 싶었다. 그들은 방 밖에 있는 사람들이 얼마나 무례한지 짐작조차 하지 못할 것이다. 그 무례한 아이들은 윤호와 같은 교실에서 매일 얼굴을 맞대고 똑같은 옷을 입고 같은 음식으로 점심을 먹고 같은 것을 배운다. 그런데도 그 아이들은 틈날 때마다 혹은 시간을 들여 붉은 손등을 놀리고, 손등의 붉은빛이 마치 그래도 되는 마땅한 이유라도 되는 것처럼 윤호를 괴롭혔다.

한번은 애들에게 끌려가 상당히 괴로운 일을 당했다. 뒤통수라든가 배, 무릎 같은, 겉으로 표 나지 않을 곳들을 여기저기 맞은 뒤에 낄낄거리는 소리를 들으며 타인 앞에서 해서는 안 될 일을 한 뒤 벗겨진 속옷과 바지를 가까스로 추슬러 입고 윤호는 정신없이 도망쳐 달렸다. 어깨에서 소맷부리까지 일정한 간격을 두고 칼로 쭉쭉 그은 소매는 윤호가 달릴 때마다 응원용 수술처럼 나부꼈다. 무더운 날이었고 윤호의 이마에는 땀이 흘러내렸다. 온몸이 땀에 푹 젖었다. 땀을 흘리며 달리면서 죽어 버렸으면 좋겠다고 생각했다. 누구든, 혹은 모두 다. 그때 무슨 소리를 들었다.

가냘프고 부드러운, 아무런 의미 없는 소리였다. 소리는 아파트 화단 어둑한 덤불 사이에서 들려왔다. 다가가 보니 덤불 안쪽에 사료가 몇 알 남은 그릇과 반쯤 차 있는 물그릇이 놓여 있고 그 앞에 주먹만 한 고양이가 앉아 있었다. 연한 회색이 섞인 하얀 새끼 고양이였다. 어미는 보이지 않았다. 윤호는 물러나 멀찍이서 지켜보았다. 어미도 밥 주는 사람도 나타나지 않았다. 새끼 고양이는 이따금 작은 소리로 애처롭게 울었다. 윤호는 새끼 고양이를 집어서 품에 안았다. 거의 아무 무게도 느껴지지 않았다. 몹시 보드랍고 따뜻한 솜뭉치 같은 감촉이 살며시 느껴질 뿐이었다. 윤호는 아파트 옥상에 올라가서 새끼 고양이를 떨어뜨렸다. 잠시 파닥이는가 싶더니 25층 아래 어둠 속으로 새끼 고양이는 삽시간에 사라졌다. 아무 소리도 안 났다. 윤호는 그대로 집으로 돌아왔다. 몸을 씻으려고 보니 손등의 붉은색은 팔을 타고 어느 틈에 어깨까지 번져 있었다.

윤호는 말하고 싶었다. 무엇이든 얘기하고 싶었다. 방 안에 모인 사람들에게도 할 수 없었던 이야기를 하고 싶었다. 다 털어놓고 싶었다. 유순한 염소같이 생긴 이 아이라면 말할 수 있을 것 같았다. 염소 같은 얼굴로 동아리실에서 누구와도 이야기 나누지 않고 영화를 본 뒤 감상문을 성실하게 쓸 뿐이고 점심시간에는 고개를 숙이고 재빨리 밥을 먹은 뒤 급식실을 빠져나가고 집에 돌아갈 때 대개 다른 아이들과 적당히 거리를 두고 운동장을 가로질러 가는 이 아이는 이해해 줄 수 있을 것이다. 이야기를 다

듣고 나면 고개를 끄덕여 주고 붉은 손등에 작고 하얀 손을 얹고 감싸 쥐어 줄 것 같았다.

윤호는 고개를 돌렸다. 햇살이 눈을 찔렀다. 여자아이의 뒤로 비쳐 든 햇살이 자른 듯이 얼굴 윤곽을 그려 냈다. 눈이 부셔 여자애의 눈, 코, 입은 먹먹해 보였다. 빛이 살며시 스쳐 간 아이의 유독 길고 가는 목은 공기처럼 투명해 보였다. 가슴속에 무언지 모를 것이 차오르는 것을 윤호는 느꼈다. 검은 밤하늘 멀리 희미하게 빛나는 별을 바라볼 때처럼 뭉클했다. 그 애를 둘러싸고 있는 가벼운 대기가 점점 퍼져 윤호는 무중력상태처럼 살짝 떠오르는 기분이 들었다.

"그런데 하고 싶다는 얘기가 뭐야?"

그 애가 물었다. 윤호의 눈을 똑바로 들여다보며 물었다.

순간 고꾸라지는 기분이었다. 땅바닥에 사정없이 처박힌 것 같았다. 아무것도 말하고 싶지 않아졌다. 단 한 마디도.

막 이야기를 시작할 참이었다. 저 아래, 어두운 밑바닥에 두었던 이야기를 하기로 마음먹은 터였다. 먼저 이야기를 시작해야 할 사람은 그 애가 아니다. 시작하고 주도하는 것도 그 애여서는 안 된다. 다그쳐서는 안 된다. 반박해서도 안 된다. 조금이라도 의심하거나 오해해서도 안 된다. 윤호의 사람들이 그러했듯이 조용히 귀 기울이고 존중하고 감탄하고 찬사를 보내야 했다.

그런데 잠시도 기다리지 못한단 말인가.

윤호의 마음속에 가득 차 있던 부푼 풍선 같은 것이 터져서 바람이 새어 나가고 있었다. 그 자리에 커다란 구멍이 생겨 무겁고 혼탁한 공기가 밀려들었다. 도무지 이해할 수 없었다. 왜 잠자코 자신의 말을 기다려 주지 못한단 말인가. 왜 예의 바르고 점잖고 품위 있게 귀를 기울이지 않는가. 그러다 윤호는 깨달았다. 이 애도 똑같다.

배려 없고 무례한 아이였다. 이 아이 역시 붉은 손등을 힐끔거리고 속으로는 비웃고 혐오하며 무시하고 있었다. 그랬다. 그것을 모르고 모든 것을 털어놓으려 했던 제 자신이 우스워 견딜 수 없었다. 속았다. 감쪽같이 속을 뻔했다.

윤호는 메스껍고 속이 뒤틀렸다. 갑자기 온몸에 열이 오르며 덜덜 떨렸다. 손이 타는 듯이 뜨거웠다. 윤호는 투명한 공기를 두 손으로 움켜쥐었다. 살며시 내려앉은 눈송이처럼 서늘하고 부드러운 감촉이 손 안에 느껴졌다. 반항조차 못 하고 파닥거리는 작고 연약한 것을 쥔 손에 더욱 힘을 주었다. 손등의 붉은색은 점점 더 붉어져 손바닥을 타고 퍼져 손가락 끝까지 물들였다.

해가 막 넘어가고 있었다. 크고 붉은 해였다.

B의 세상

학교 홈페이지에 고발문이 올라왔다.

고발문이라는 단어는 생소했으나 글의 제목 자리에 '고발문'이라고 적혀 있고 고발하는 내용이었으니 일단은, 고발문임이 틀림없었다. 고발문에 등장한 인물은 A와 B였다. A는 가해자고 B는 피해자였다. A는 선생이고 B는 학생이었다. A를 B가 고발했다. 고발문은 홈페이지에서 곧 삭제되었으나 내용은 삽시간에 아이들 사이로 퍼졌다. 누군가 홈페이지 화면을 캡처해서 학급 단톡방에 올렸기 때문이다. 담임선생들의 지시로 단톡방에서도 고발문은 이내 삭제되었지만 이미 사방으로 퍼진 뒤였다. 아이들은 궁금했다. A가 누구인가. 더 많이 궁금해한 건 B가 누군가였다.

고발문의 내용을 요약하자면 이렇다. '지난 수개월간 A는 B에게 갖은 욕설과 외모 지적 등으로 정신적 학대를 일삼았으며 훈육을 핑계로 어깨와 손, 허리, 종아리를 수차례 만지는 등 성적 수치심을 느끼게 했다.' 그에 대한 구체적인 상황과 증거가 조목조목 나열되어 있었으므로 고발문의 내용은 상당히 길었다. 제시된 욕설의 종류는 17개, 언어 학대는 39건, 성희롱은 11건에 달했다.

고발문을 읽자마자 아이들은 A로 짐작되는 인물을 몇몇 떠올렸다. 미친개 아니면 분무기, 어쩌면 사패였다. 분무기는 말할 때 하도 침이 많이 튀어서 붙은 별명이었다. 게다가 말도 많았다. 분무기의 수업 시간이면 앞자리 애들은 죽을 지경이었다. 미친개는 그냥 미친개였다. 행동은 예측 불가였고 상식선이라는 게 없었다. 사패는 사이코패스를 줄인 별명이었다. 사패 역시 미친개 못지않은 악명을 떨쳤다. 그런데 고발문을 올린 B는 누구일까. 내용에 따르면 후보는 절반으로 좁혀진다. 최소한 B가 남학생은 아니다. 그것만은 확실했다.

2학년 1반 19번은 고발문을 수차례 읽어 보았다. 그러다 이건 나잖아? 하는 생각이 들어 화들짝 놀라고 말았다. 고발문의 내용 중 '살 좀 빼라, 교실 무너지겠다'라는 이야기를 19번이 들은 건 지난주였다. 선생님의 말에 반 아이들은 책상을 두드리며 웃어 댔고 19번은 그날 점심을 깨작댔으며 저녁은 굶었다. 반 학생

스물일곱 명 중 19번보다 뚱뚱한 학생도 있었지만 그들은 외모에 대해 아무런 지적을 받은 바 없다. 19번보다 더 뚱뚱한 건 대부분 남학생들이었다. 하지만 19번은 그런 고발문을 쓴 기억이 없었다. 그런데 되풀이해서 읽고 메시지로 부지런히 퍼 나르다 보니 고발문이 자신의 손가락에서 나온 것 같은 생각이 들었다. 이상하게도 그날 19번 눈에 자신의 손가락이 조금 가늘어 보였다.

상황은 21번도 마찬가지였다. 고발문의 내용이 낯설지 않았다. 학기 초 21번은 짧은 교복 치마를 지적당하며 '술집에 나갈 생각이냐'는 말을 들었다. 치마 길이를 지적한 교사는 21번이 여름방학 때 귀를 뚫어 달고 다니던 작은 귀고리를 머리카락을 헤집어 귀신같이 찾아내고 '당장 안 빼면 귀를 떼어 버리겠다'며 귓불을 은근히 잡아당겼다. 잡아당겼다고 하지만 한동안, 아니 제법 오랫동안 귀를 만지작거리던 손가락의 소름 끼치는 느낌을 21번은 지금도 잊을 수가 없다. 이 모두 고발문에 있던 내용이었다. 자신이 B가 아니라면 어떻게 이토록 상세히 알 수 있겠는가. 하지만 21번 역시 고발문을 쓴 기억이 없었다. 그런데도 꼭 자기가 쓴 것만 같았다. 귀를 뚫은 흔적은 이제 희미해져 있었다. 귓불마저 어째 희미해 보였다.

3학년 5반 27번은 같은 반 23번과 함께 점심시간에 매점에서 산 캔 커피를 마시며 복도 창가에 서 있었다. 유독 무더웠던 여름이 지났지만 아직 열기가 가시지 않았다. 가만있어도 땀이 솟는데 운동장에는 축구를 하는 남학생들이 보였다. 아이들이 달리는 곳마다 마른 흙먼지가 자욱하게 일었다. 쫓고, 뺏고, 가로채고, 점수를 얻는 일이 왜 그렇게 즐거운지 27번은 이해할 수 없었다. 하지만 이해하지 못한 채로 사는 내내 그것을 해야 할 것이다. 때로는 쫓기고, 빼앗기고, 잃기도 할 것이라고 27번은 막연하게 짐작하고 있었다. 아직 못다 한 학원 숙제 걱정을 하며 27번은 미지근해진 커피를 한 모금 마셨다.

27번은 하루에 커피를 세 잔 정도 마셨다. 수업 시작 전에 한 잔, 오후에 한 잔, 그리고 학원 수업 전에 한 잔 마신다. 시험 기간에는 네다섯 잔 정도 커피를 마시고, 에너지드링크도 중간중간 마셔 준다. 잠을 쫓는 데에 커피보다 효과가 있다고 소문난 고카페인 커피우유를 사느라 하루에 편의점을 열 군데 넘게 다닌 적도 있지만 어렵사리 구한 커피우유는 별 효험이 없었다. 커피며 에너지드링크 따위를 노상 마셔 대도 늘 눈앞이 뿌옇고 머리가 혼탁하였다. 지금도 그래서인지 모른다고 생각하며 27번은 눈을 몇 번 비비고 복도 창 너머 먼 하늘을 잠시 바라보았다. 시력 향상과 정신을 맑게 해 주는 효과가 있다고 어디서 들은 뒤 틈나면 하는 행동이었다. 눈앞은 여전히 부옜다.

"역시 이상해."

나란히 서 있던 23번은 27번이 중얼거리는 소리를 못 들었다. 23번은 간밤에 27번을 비롯한 반 아이들 몇과 카톡으로 나눴던 대화를 떠올리던 중이었다. 대화의 중심은 고발문에 관한 것이었다. 학교를 발칵 뒤집어 놓은 일이다 보니 아무리 고3이라도 관심을 두지 않을 수 없었다. 고발문에 대해 이야기하면서 어떤 기억이 하나 떠올랐다.

중학교 체육 시간이었다. 23번이 고3이 되어 좋은 점 하나는 체육 시간에 자습을 한다는 거였다. 23번은 몸을 움직이는 것에는 소질도 흥미도 없었다. 자전거도 잘 못 타고 수영은 젬병이고 춤도 못 추고 달리기도 반에서 늘 꼴찌 아니면 뒤에서 두 번째쯤이었다. 그래도 뭐라는 사람은 없었다. 그런데 중학교 때 체육 선생님은 달랐다. 해 보면 할 수 있다고, 하고자 하는 의지가 없어서 못하는 거라며 23번에게 토스 연습을 반복하게 했다. 못 해요, 하고 싶지 않다고요, 의지 같은 거 토스에 쓰고 싶지 않다고요. 그런 말 대신에 23번은 땀을 흘리며 손목이 부어오를 때까지 배구공을 받아 냈으나 실력은 조금도 나아지지 않았다. 참고 참았지만 소리 지르고 싶었다.

실제로 23번은 소리를 질렀다. 그것은 외침이라기보다는 비명에 가까웠다. 놀람과 두려움을 느낄 새도 없이 본능적으로 터져 나오는 소리. 갑자기 누군가 뒤에서 와락 껴안았던 것이다. 비명과 함께 반 아이들의 웃음소리가 왁자하게 터졌다. 단지 자세를 교정해 주려는 선의로 그러안았을 뿐인 체육 선생님이 무안해하지 않도록, 23번은 결박당한 모양새로 최선을 다해 토스를 했다. 체육 선생님은 23번의 귓가에 다정하게 속삭였다. 힘 빼, 힘. 누가 잡아먹냐. 선생님이 아무리 손목을 붙잡고 애를 써도 23번은 토스 동작을 익히지 못했고 몸이 점점 더 뻣뻣하게 굳을 뿐이었다. 등줄기를 타고 차갑고 축축한 땀이 흘러내렸다. 그 순간을 다시 떠올려 보니 진땀이 났던 이유를 알 것 같았다. 정말로 무서웠다. 고통스럽고 수치스러웠다.

"응?"

23번은 27번이 부르는 소리를 그제야 알아차렸다.

"너 오늘 좀 이상하다고."

"뭐가?"

"뭐랄까, 좀 옅어졌달까."

27번은 몸을 돌려 복도를 향하고 서서 지나가는 아이들을 한참 관찰하고 23번과 꼼꼼히 비교해 본 끝에 결론지었다.

"내 눈은 문제없다. 역시 네가 희미해진 거다."

"뭔 소리야?"

"전체적으로 흐릿하다고 할까, 어슴푸레하다고 할까. 그러니까 거 뭐냐, 특수 모드로 사진을 찍은 것처럼 말이다."

"특수 모드?"

"어. '아련하게' 모드쯤 되려나. 거기에 투명도를 높이고 채도를 살짝 낮춘 정도?"

희미해졌다느니 아련하다느니, 이게 다 무슨 소리인가 싶어 23번은 어리둥절한 표정으로 제 손을 내려다보았다. 손바닥을 들여다보고 손을 뒤집어 손등을 살피고는 27번의 손을 끌어다 나란히 비교해 보았다. 희미해졌다고 하니 과연 희미해진 것 같았지만 그렇지 않다고 하면 그렇지 않은 것 같기도 한 애매한 상태였다.

"빈혈 왔나?"

"나트륨 부족 같은 거 아닌가."

"그런가."

"아무래도 고3이니까."

27번의 말에 23번은 고개를 끄덕이고 둘은 동시에 작은 한숨을 내쉬었다. 커피를 좀 줄여 볼까, 잠을 좀 늘려 볼까, 그래도 될까 하는 말을 중얼거리며 두 사람은 다소 혼란스러운 마음으로 창밖을 멍하니 내다보았다. 두 사람 뒤로 희미한 그림자가 지나갔다. 교실에도 미세하게 희미해진 학생들이 간혹 있었다. 자세히 보지 않으면 눈치챌 수 없을 정도로 옅어졌을 뿐이나, 확실히 희미해져 있었다.

그날 밤 27번은 학원 수업이 끝나고 집에 돌아와 23번에게 카톡을 보냈다. 평소와 달리 한참이 지나도 23번은 카톡에 대답하지 않았다. 카톡을 읽지도 않았다. 잠이 들었나. 잠들기는 이른 시각이지만 몸이 희미해지고 보니 잠이나 자자고 생각한 건지도 모른다. 어째서 희미해졌을까? 그 이유를 27번은 엄마가 깎아 준 복숭아를 먹으며 학원 숙제를 하는 중에 생각했다. 그런 걸 생각할 때가 아니었지만 단짝 친구에게 생긴 일이고 보니 생각하지 않을 수 없었다. 생각하다 보니 착잡하고 답답했다. 복숭아를 먹어서 입 안도 텁텁했다. 이를 닦을까, 커피를 한잔 마실까 하며 27번은 빈 접시를 들고 주방으로 나갔다.

"엄마, 나 좀 이상한가?"

식탁에 앉아 휴대폰을 들여다보고 있던 엄마가 고개도 들지 않고 대답했다.

"이상해."

"어디가?"

"다 이상하지. 저렇게 이상한 걸 내 속으로 낳았나 하고 맨날 맨날 생각한다."

"엄마, 뭐 봐?"

"그냥 이것저것."

"엄마, 우리 학교에 학생 성추행한 선생이 있대."

"뭐? 누군데?"

놀라서 고개를 든 엄마의 얼굴이 어째 아득해 보였다.

"누군지는 아직."

"너는…… 아니지?"

"응?"

"너는 무슨 일…… 없지?"

"아, 뭐, 그렇지, 뭐."

엄마는 놀라고 뜨악한 표정으로 세상에, 하고 짧은 탄식을 뱉었지만 그것은 한편으로 안도의 한숨처럼 들리기도 했다.

"어쩜 선생이 돼서 그런 못된 짓을……. 그걸 가만둔대?"

그러게, 하고 27번은 생각했다. 그걸 그냥 두나, 그냥 가르치게 두나, 그냥 못된 짓을 하게 두나. 이를 닦다가 부연 욕실 거울을 손바닥으로 문지르며 생각했다.

숙제를 마저 하고 27번은 침대에 누워 휴대폰을 확인해 보았다. 23번에게 보낸 카톡 옆에 표시된 숫자 1은 그대로였다. 자나, 희미해진 채로 자나. 그런데 이제 B는 어떡해야 하나. 그 생각에 27번은 성추행 교사 신고 방법 같은 것을 검색해 보다, B가 누군지 알려지면 어쩌지, B가 해코지라도 당하지 않을까 하다가, 하지만 B에게도 엄마가 있을 테니 못된 짓을 당하게 두고 보지만은 않을 것이라고 생각하니 조금 안심이 되어 이제 잘까, 하는데 엄마가 방문을 살며시 열고 문틈 사이로 얼굴을 들이밀고 말했다.

"안 자?"

"자야지."

"불 꺼 줄까?"

"어."

"조심해, 주운아."

"뭘?"

"이것저것. 밤길 같은 것."

"어. 근데 엄마, 형광등 갈 때 됐나 봐. 침침해."

"그래? 내일 갈아 놓을게. 자."

어둠 속에서 주운은 생각했다. 이것저것 조심하며 살아야 할까. 알아야 할 게 많은데 왜 이것저것 조심해야 하는 것들을 먼저 알아야 하는 걸까. 조심하지 않으면 세상은 살아갈 수 없는 걸까, 조심하면 살 수 있는 것일까. 학교도 무서우면 세상은 얼마나 더 무서운 것으로 가득 차 있을까, 하는 생각을 하니 더럭 가슴이 두근거렸다. 하지만 학교에 안 갈 수는 없고 학교에 가려면 우선은 자야 했다.

학생들은 모여 앉기만 하면 고발문에 관해 이야기를 주고받았다. A가 분무기나 미친개, 사패도 아니라는 얘기가 나왔고 그럼 A가 누구인가 하는 추측이 꼬리에 꼬리를 물었다. 미저리나 형광등일 거라고도 했고 아닐 거라고도 했다. 여전히 제일 궁금한 건 B의 정체였다. B로 지목된 인물들은 당혹스러워하거나 화를 내거나 콧방귀를 뀌거나 무시하는 등 반응의 차이는 있었지만 모두 B임을 부인했다. A는 점점 늘어났지만 B는 어디에도 없었다. 학생들의 높은 관심과 달리 학교는 이 일에 덤덤했다. 더 이상 사건의 진전은 없고 해결도 되지 않았다.

문제라면 학부모들에게서 고발문에 대한 문의 전화가 심심찮게 오는 것이었는데 그것만은 학교로서도 무시할 수 없었다. 대책 회의가 열렸고 다소 어두운 얼굴로 모인 교사들의 입은 좀처럼 열리지 않았다. 숨소리도 크게 나지 않는 무거운 정적이 한참 흐른 뒤, 합리적으로다가 에, 또, 학교가 다 같이 발전되는 방향으로다가 원만하게 처리해 보자는 교감의 말이 있고 나서야 비로소 교사들은 한숨 돌린 표정으로 자리에서 일어났다.

얼마 뒤 학교 측은 고발문에 대한 답변을 내놓았다. 답변의 내용은 이렇다. '우선 최근 교내에 불미스러운 글이 확산된 것에 심심한 유감을 표한다. 한 점 의혹도 없이 조사하고자 하는 것이 교장 이하 모든 교사들의 뜻이나 안타깝게도 A와 B라고 표시된 익명의 존재에 대한 조사는 불가능하며, 뚜렷한 증거를 갖추지 못한 주장은 신빙성이 없으며 확인되지 않은 사건에 대한 억측은 교사와 학생 간에 불화를 조성하고 면학 분위기를 해칠 뿐이므

로 그로 인한 파장은 더 이상 없어야 할 것이다.'

학교는 입단속을 하려 했지만 그럴 필요도 없었다. 중간고사가 코앞이었고 수행평가도 있고 축제 준비도 해야 하는 아이들에게 고발문은 자연스레 뒷전이 되었다. 실체가 없는 A와 B는 그렇게 잊혔다. 그러나 그것이 끝이 아니었다. 고발문이 또 게시판에 올라왔다.

2학기 중간고사가 끝난 직후였다. 역시 제목이 '고발문'이었고, 고발하는 내용이었다. 가해자 교사 A를 피해자 학생 B가 고발했다. 하지만 이번에는 좀 달랐다. 고발문 맨 끝에 A가 3학년 진학 담당이고 수학 교사임을 밝힌 것이다. 홈페이지에서 고발문은 곧 삭제됐지만 이번에도 학생들이 더 빨랐다. 이전보다 더 빠른 속도로 고발문은 퍼져 나갔다.

고발문의 내용을 요약하자면 이렇다. 'A 교사는 진학 지도를 핑계로 학생 B에게 사적인 만남을 수차례 요구했다. 그 외에도 개인 면담 시 A는 B에게 부적절한 언어를 사용하고 수시로 신체 접촉을 시도, 강제 성추행했다.' 구체적인 정황을 밝히는 대신 B는 이렇게 말하고 있었다. 'A의 요구를 B는 거부할 수 없었습니다. A는 B의 미래를 손에 쥐고 있었기 때문입니다.'

A 교사는 '족집게'로 이름난 입시 전문가였다. A가 관리하는 학생은 원하는 대학에 무조건 합격한다는 소문이 돌았고 그것

은 소문이 아니라 사실이었다. 이 학교가 명문대 진학률이 높다는 명성을 얻은 데는 A의 공이 컸다. 학교와 학생, 학부모 모두에게 A는 절대적인 신뢰를 받았다. 그렇다고 A가 단지 유능한 입시 전문가인 것만은 아니었다. 수업에 성실했고 성격이 온화한 데다 유머 감각이 있는 편이었으며 학생들을 대체로 공정하게 대했다. 스승의 날 A 교사의 책상에는 꽃다발과 리본을 두른 초콜릿이라든가 인형, 볼펜 같은 선물들이 쌓였고 졸업생으로부터 감사의 카드도 도착했다.

학교는 즉시 학생들 입단속에 나섰다. 학교의 명성과 관련된 일이기 때문이었다. 하지만 학교는 어느 때보다 술렁였다. 화제의 중심은 A가 아니었다. 모든 관심은 B로 향했다. 도대체 B가 누구인가? 3학년 학생이라는 건 분명했다. 그리고 이번에도 역시 B가 여학생임을 누구도 의심하지 않았다.

중간고사가 막 끝난 다음이라 당분간 분주할 일도 없는 학생들은 모이기만 하면 B의 정체를 추적하는 데 여념이 없었다. B는 최종적으로 세 명의 여학생으로 좁혀졌다. 세 명 모두 A 교사가 관리하는 특별반이었다. 특별반 모두 A 교사와 각별했고 단둘이 있는 일이 빈번했다는 소문이 돌았지만 세 명의 여학생이 최종 후보로 꼽힌 결정적인 이유는 그들의 용모 때문이었다. 몰래 찍힌 세 여학생의 사진이 학생들 사이에 돌았고 이웃 학교에까지 퍼졌다.

세 명의 B 후보자들은 누가 더 예쁜지 순위 매김을 당했다. 성적은 물론 심지어 그들 부모의 직업과 가족 관계, 살고 있는 집 평수까지 알려졌다.

수능이 얼마 남지 않은 3학년 교실도 동요했다. 이번에는 강 건너 불구경하는 처지가 아니었다. A가 진학 담당 교사였기 때문이었다. 하필이면 이럴 때냐고, 입 밖에 내지는 않았지만 돌멩이라도 걷어차고 싶은 심정들이었다. 하지만 이번 역시 전처럼 유야무야 넘어갈 것이라고 모두 생각했다. 여전히 B가 자신의 정체를 밝히지 않았기 때문이었다. 그러나 이번에는 달랐다. A에 대한 경찰 조사가 시작되었다. B가 신고를 한 것이다.

긴급 대책 회의가 열렸다. 교무실에 모인 교사들 중에 A는 없었다. 합리적으로다가 에, 또 좋게 좋게, 원만한 방향으로다가 해결해 보자는 교감의 말에 교사들은 일단 묵묵히 귀를 기울였다. 아시다시피 현장에서 아이들을 가르치다 보면 별의별 일이 다 생겨요. 별난 애들도 많아서 선생이 괜한 오해 사는 일도 있고, 다들 경험 있으시잖아요. 사람이 실수를 하니까 사람이에요. 실수, 다들 하고 살잖아요. 에, 또 A 교사로 말하면 한 가정의 가장이에요. 책임져야 할 식구가 있어요. 딸이 고등학생이고 아들이 올해 대학 들어갔어요. 교감의 말에 교사들은 생각이 많은 얼굴로 서로의 눈치를 살피다 눈이 마주치면 그저 고개를 떨어뜨리고 말

뿐이었다. 동료를 돕지는 못할망정, 우리가 꼭 밥줄을 끊어야 합니까? 교감은 대답이 필요 없는 질문으로 쐐기를 박았다.

1학년 4반 담임은 퇴근 후 아이를 데리러 유치원으로 종종걸음 쳤다. 아침에 미열이 있는데도 유치원에 보낸 게 종일 마음에 걸렸다. 유치원 문 앞에서 엄마 치마를 잡고 칭얼거리던 아이를 생각하니 마음이 급했지만 버스는 꿈쩍도 하지 않았다. 진땀이 나고 머리가 지끈거리기 시작했다. 퇴근 전 교감 선생이 붙잡고 시간만 끌지 않았더라면 교통 체증은 피할 수 있었을 텐데. 긴급 대책 회의 후에도 교감은 교사들을 하나씩 따로 불러들였다. 이런 일이 A 교사에게만 생길 것 같습니까? 입장을 한번 바꿔 생각해 보십시오. 신뢰가, 에, 또 믿음이, 동료 간에 있어야 한단 말입니다. 그리고 A 교사가 잘리면 당장 입시는 어떻게 합니까? 우리 아이들 장래, 누가 책임질 거요?

우리 아이들 미래를 생각한다면, 교감 선생님, 이래선 안 되죠. 목구멍까지 나온 말을 1학년 4반 담임은 꾹 참고 삼켰다. 그래도 괜찮을까, 입 꾹 다물고 있어도 괜찮을까. 곰곰이 생각하다가 자신이 교단에 서며 통달한 것 하나는 인내이며, 교단에 설 수 있었던 것도 지금껏 버틸 수 있었던 것도 바로 그 인내심 덕분이었다는 것을 깨닫고 잘했어, 참길 잘한 거야, 라고 중얼거렸다. 문득 차창에 비친 자신의 모습이 어쩐지 흐릿하다 느꼈지만 두통

탓이라고 생각했다.

결국 A 교사는 정직됐다. 성추행 사건 신고 은폐 의혹으로 교장과 교감, 교사 몇 명도 경찰에 불려 가 조사를 받았다. 수능이 코앞이었다.

한층 피로한 얼굴로 여느 때와 같이 '잘하자'란 말로 조회를 끝낸 담임이 교실을 나가자마자 3학년 2반 학생들은 약속이라도 한 듯 같은 방향으로 눈을 돌렸다. 교실 안에 유독 냉기가 흘렀다. 두어 명의 학생이 일어나자 몇몇 학생이 뒤따라 일어났고, 그럼 나도, 하며 합세한 학생들이 마치 토끼몰이하듯 사방에서 우우 달려들었다. 겹겹으로 에워싼 원 가운데에 26번이 앉아 있었다. 26번은 B라고 추정되는 여학생 중 하나였다.

26번은 눈을 내리뜬 채 파르르 떨었다. 파리해진 얼굴로 안간힘을 다해 26번이 입을 열었다. 나는 아니다, 오히려 나도 피해자다. 피해자란 말을 내뱉은 순간 26번은 움찔하더니 다급하게 말했다. 아니, 내 말은, 난 억울하다, 나도 알고는 있었지만 참았다, 참았는데 누명을 쓰고 대학도 못 가게 생겼다, 진짜 억울하다, 그리고 우리 집은 60평이 아니라 40평대다, 그런 말들을 하면서 울기 시작했다. 억울하고 분하고 서러워서 울었는데 누구 때문에 억울하고 분하고 서러운지 자꾸 헷갈렸다. A 교사 때문인 것도 같고 같은 반 학생들 때문인 것도 같다가, 아무래도 그

때문이지 싶었다.

"다 B 때문이야. B 때문에, B가 잘못한 거야."

흐느끼면서 26번은 창백해졌다. 옅어진 것도 같고 조금 흐릿해진 것도 같았다. 희미해진 채로 어깨를 들썩이며 울었다.

여전히 26번이 B라고 생각하는 학생들과 미심쩍은 얼굴로 진짜 B를 찾기 위해 눈을 돌리는 학생들이 있는가 하면 교실 한편에는 B를 이해하지만 위로할 수는 없는 학생들이 몹시 피로한 낯빛으로 담담히 희미해졌다. 희미해진 채로 희미해진 서로를 가만히 바라보다가 그들은 조금 더 희미해졌다. 얼마 뒤 3학년 학생들은 A 교사 구명 운동을 시작했다. 곧 3학년이 될 2학년 학생들도 다수 동참했다.

3학년 5반 23번이 앞자리 학생에게서 건네받은 'A 교사 구명 운동' 서명지에 사인을 한 뒤 옆자리 27번에게 내밀었다. 27번이 서명지를 받아 든 순간 영어 선생님이 들어왔다. 27번은 한 시간 동안 서명지를 가지고 있었다. 수업 끝나는 종이 울리자마자 모두 분주히 일어나 교실을 나갔다. 27번은 서명지를 책상 서랍에 넣고 23번과 함께 급식실에 가서 나란히 앉아 점심을 먹고 매점에 들러 캔 커피를 사서 복도 창 앞에 섰다.

날씨가 꽤 싸늘해졌다. 하늘에 무겁고 진한 구름이 가득 깔려 있었다. 수가 좀 줄기는 했지만 운동장에는 여전히 남학생들이

공을 차고 있었다. 27번은 캔 커피의 온기가 좋아 파카 주머니에 넣고 손으로 가만히 쥐었다.

"사인해."

23번이 커피를 한 모금 마시고 나서 27번에게 말했다.

"사인해도 어차피 복직은 못 할 거야."

"그런 걸 왜 해."

"다들 하니까."

"너도…… 알았지."

"모두 알았지."

"너도……."

"그래, 나도 당했지."

"싫었지."

"싫었지."

"정말 싫었어."

"그래도 좀 참지 그랬니. 조금만 더 참으면 됐는데. 꼭 그래야 했어?"

희붐해진 얼굴로 23번이 말했다. 27번은 아직 온기가 희미하게 남은 캔을 주머니 속에서 꼭 쥔 채 23번을 물끄러미 바라봤다.

"A 같은 사람은 세상에 널렸어. 너도 알잖아, 주운아."

푸슬푸슬 부서져 내리는 목소리로 23번이 말했다.

"세상은 달라지지 않아."

그런 세상을 살아야 하는 걸까. 어차피 달라지지 않는 세상을 참고, 참으며 살아야 하는 걸까. 세상은 왜 이렇게 된 걸까. 언제부터 세상은 누군가가 참고, 참아야만 살 수 있는 곳이 된 걸까. 그런 세상은 살고 싶지 않다고, 주운은 창밖을 바라보며 생각했다. 세상이 어째 아득해 보였다. 매일매일 숨을 쉬고 살아가는 곳이 문득 낯설고 두렵게 보였다. 하지만 그곳이 앞으로 살아가야 할 세상임을 주운은 알았다.

"잘 안 보인다. 눈이 오려나."

금방이라도 뭘 쏟아 낼 것처럼 하늘이 잔뜩 흐렸다. 주운의 말에 23번도 창밖을 내다봤다.

"아무것도 하지 않으면."

주운은 말하며 23번의 손을 가만히 잡았다.

"이 세상이 사라지고 말아, 아무것도 하지 않으면."

주운은 흐릿하고 싸늘한 친구의 손을, 마치 놓으면 영영 사라지기라도 할 것처럼 힘을 주어 꽉 잡았다. 사라지지 않고 싶다고, 너와 나는 사라질 수 없다고, 우리는 사라져서는 안 된다고, 주운은 손을 맞잡은 채 생각하고 또 생각했다.

A는 돌아오지 않았지만 여전히 A들이 남아 있었다. B의 흔적은 애써, 지워져 갔다. 교실에는 몇몇 B들이 희미해진 모습으

로 앉아 있고 몇 명의 B는 투명해져 기척만 겨우 느껴졌으며 그 중 사라지고 없어진 B도 있었지만 그것을 알아차리는 이는 거의 없었다.

세상의 반이 점점 희미해지거나 사라지고 있었다.

방 문

동생이 집에 외계인을 데려왔을 때 나는 계란을 삶고 있었다. 외계인은 동생 뒤에 서서 두 손을 모은 채 다소곳이 서 있었다. 기, 길에서 아무거나 주워 오지 말라니까. 동생은 즉시 반박했다. 길에서 주워 온 게 아니라 우리 집 문 앞에 있었다고 했다.

동생은 냉장고에서 우유를 꺼내 따른다, 과자 봉지를 뜯는다, 야금야금 아껴 먹던 젤리까지 내놓으며 야단법석이었다. 외계인은 마루에 조용히 앉아 있었다. 나는 일단 문밖에 소금을 뿌렸다. 예전에 이웃 살던 명남 할머니 문상 다녀온 뒤나 저번에 중고 김치냉장고를 들일 때 할머니가 했던 것처럼 소금을 휘휘 뿌렸다. 이미 수상한 것이 집 안에 들어온 뒤니 소용없는 짓인가 싶긴 했다.

가스 불 위에 끓고 있는 게 뭐냐고 동생이 물었다. 계란이라고 했더니 나는 완숙, 하며 동생이 입 안에 과자를 넣고 와작 씹었다. 참외도 깎고 커피도 타고 할머니 마시는 생강차도 좀 타 보라고 하다 아, 시원하게 미숫가루가 낫나 하고 동생이 말했다. 외계인이 뭘 좋아할지 모르니까 이것저것 권해 봐야 한다는 게 동생의 의견이었다. 계란 삶는 김에 라면도 끓이라고 했다. 배가 몹시 고플 거라며 동생은 내 귀에 속삭였다.

"되게 먼 데서 왔잖아, 블랙홀 통과해서 왔을까, 언니야?"

멀리서 온 건 외계인 사정이고 대접하고 싶으면 데려온 네가 커피도 타고 라면도 끓이지 왜 애먼 나를 자꾸 시키느냐고 했더니 동생의 눈이 동그래졌다. 그야, 언니 손님이니까. 무슨 말이냐고 했더니 외계인이 나를 찾아왔다고 했다. 이건 또 무슨 해괴한 소리인가 싶은데 동생은 틀림없다고 했다.

여기가 윤주운 씨 댁입니까.

정말 그렇게 물었냐고 했더니 외계인의 발음이 참 좋더라고 동생이 말했다. 내 이름에 '씨'를 붙였다는 점은 조금 마음에 들었다. 하지만 박복자 씨 댁도, 김혜영 씨 댁도, 윤주경네 집도 아닌 윤주운 씨 댁이라고 한 점은 상당히 마음에 걸렸다. 외계인은 정말 나를 찾아온 것인가. 나는 마룻바닥에 앉아 있는 외계인을 향해 고개를 돌렸다. 눈이 마주치자 외계인이 빙긋 웃었다. 아무래도 일이 묘하게 됐다는 생각이 들었다. 아, 내 계란.

셋이 둥그런 상에 둘러앉아 삶은 계란을 까기 시작했다. 마침 냉장고에 남아 있던 계란이 세 개라 공평하게 한 개씩 돌아갔다. 동생은 껍질을 깐 계란을 외계인 앞에 놓아 주고 설탕 접시를 밀어 주었다. 소금은 문밖에 다 뿌려 버려서 남은 게 없었다. 감자에는 소금보다는 설탕, 콩국수에도 소금보다 설탕, 토마토에는 당연히 설탕. 우리 입맛은 할머니를 닮았다. 하지만 삶은 계란을 설탕 찍어 먹는 건 처음이었다.

"그런데 할머니는 어디 갔냐, 주경아."

대답 대신 동생이 아, 쇼 가요광장, 하며 텔레비전을 켰다. 쇼 가요광장은 안 하고 뉴스 속보가 나오고 있었다. 다른 채널로 돌려도 죄다 뉴스 속보였다. 속보에 의하면.

나사(NASA)가 앞서 발표한 대로 외계인의 지구 방문이 성사되었다. 이것은 암스트롱의 달 착륙만큼 기념비적인 일이다. 외계인은 **한동안** 지구인의 집에 머무르며 쌓는 생생한 체험을 지구의 문화를 이해하는 계기로 삼으려는 바, 이 전대미문한 방문은 인류와 우주 역사에 길이 남을 것이다. 이를 발판으로 차후 외계인과 지구인의 상호 연대가 돈독해질 것이며 이는 우주의 대통합과 평화로 나아가는 위대한 행보가 되리라 전망하는 바이다.

외계인이 함께 지내게 될 지구 가족은 외계인이 직접 **선택**했으나 어떤 기준과 경로로 선택했는지는 알려진 바 없다. 외계인이 온 별은 우리은하 밖에 있다는 것만 나사는 밝혔을 뿐, 그 외에는 모두 극비로 하고 있다. 외계인은 오늘 오후 지구상의 다섯 나라에 무사히 도착한 것으로 알려졌으나 어떤 나라의 어떤 가족에게 어떤 모습으로 도착했는지는 역시 비밀에 부쳐졌다. 선택된 가족 역시 외계인의 방문을 함구해 줄 것을 나사 당국은 거듭 당부했으며 아울러 각별한 주의를 부탁했다.

'혹 외계인과 마주치더라도 동요하지 않기를 부탁합니다. 어떤 모습을 하고 있더라도 혐오하거나 배척, 혹은 공격하지 말아 주십시오. 그들은 멀리서 우리를 찾아온 손님이니까요.'

오호, 하는 얼굴로 동생이 외계인을 바라봤다. 마트 경품 잔치에서 코팅프라이팬이라도 당첨된 듯한 표정이었다. 그러더니 갑자기 외계인을 덥석 그러안았다. 말릴 겨를도 없었다. '선택'이라는 단어에 반응한 행동임이 분명했다. 그러다 세균에라도 감염되면 어쩌려고.

나는 삶은 계란을 입 속에 욱여넣었다. 나사가 언제 그런 걸 발표했나 곰곰이 생각해 봤지만 뉴스 같은 건 본 적 없으니 금시초문이었다. 계란은 너무 오래 삶아서 퍽퍽했다. 아무리 외계인이라고 해도 허락도 안 구하고 막 방문하고 그래도 돼? 목이 멨다. 그런데 한동안이라면 얼마나 한동안? 한 시간 정도면 우주 시간으로 치면 충분히 한동안 아닌가, 라고 나는 생각하며 우물우물 계란을 씹고 있는데 동생에게 안겨 있던 외계인이 빙긋 웃었다. 웃는 게 맞겠지?

맞아요, 그런데 계란은 입에 안 맞네요.

외계인의 말에 나는 목이 턱 막혔다.

나는 내 방, 아니, 할머니와 함께 쓰는 방에 들어가 휴대폰을 켰다. 이 어처구니없는 상황에 대해 누구에게든 얘기하고 싶었고 그게 누군가 하면 내겐 송이밖에 없었다. 송이에게서 '뭐 하심?' 이라는 카톡이 도착한 지 한 시간이 넘어 있었다. 할 말이 넘쳐 분주히 답변을 적다가 문득 비밀이라는 말이 생각나서 손가락을 멈췄다. 선택된 가족은 외계인의 방문을 비밀에 부쳐 줄 것을 당부한다고, 아까 뉴스에서 거듭해서 말했다. 그러고 보니 그건 다섯 가족에 보내는 나사의 메시지, 바로 내게 비밀 엄수를 당부한 것 아닌가. 그래도 송이에게까지 비밀로 해야 하나, 망설여졌다.

송이는 얼마 전 내게 어마어마한 비밀을 털어놓았다. 자기는 이제 안드로메다 오빠들 안 좋아한다고. 나는 적잖이 놀랐는데 11인조 아이돌 그룹 안드로메다를 좋아하지 않는다는 건 우리 반 애들 전체를 적으로 만들겠다는 얘기였기 때문이었다. 열한 명 중에 더 좋아하고 덜 좋아하는 멤버는 있을 수 있지만 안드로메다는 절대 진리, 절대 복종, 절대 불가침의 영역 아니던가. 송이도 모를 리 없었다. 그래서 내게만 살짝 털어놓은 것이다. 애들 앞에서는 여전히 좋아하는 척하겠지만 마음은 완전히 떠났다고, 그 이유는 딱히 모르겠지만, 아니, 실은 이것저것 이유가 있긴 있고, 가장 큰 이유는 모두가 반드시 좋아해야 하는 분위기가 몹시 피로하고 완전 짜증 난다고 했다. 송이는 한숨을 쉬며 요새는 루나 언니들이 눈에 자꾸 들어온다는 비밀까지 추가로 내게 발설했다. 나를 믿고 털어놨다는 게 기쁘기도 했지만 어떤가 하면 한편으로는 조금 부담되기도 했다. 비밀에는 질량 보존 법칙이 있어 누군가에게서 가벼워지면 그만큼의 무게는 다른 누군가에게 얹어지는 것 같다고, 나는 한결 가뿐해진 표정의 송이를 보며 생각했다.

나는 계란 삶아 먹었다고만 답변을 보냈다. '맛있음? ㅋㅋ'이라는 답이 즉시 왔다. 소금도 없이 계란을 먹어서인지 얹힌 듯 속이 답답했다. 나는 송이가 요즘 꽂혔다는 루나의 노래를 들으며 엄지와 검지 사이 개구리 물갈퀴 같은 얇고 말랑말랑한 살을 다른 손 엄지손톱으로 꾹꾹 눌렀다. 체했을 때는 최고라고 할머니가 알려 준 방법이었다. 어렸을 때 외계인에게 물갈퀴가 달린 손이 있을지도 모른다고 생각했던 적이 있었는데 그건 아니라는 것 하나는 확실해졌다. 머리가 엄청 큰 문어도 아니고, 초록 피부도 아니고, 눈이 세 개도 아니었다. 문밖에서 떠들썩한 웃음소리가 들려왔다.

나가 보니 셋이서, 그러니까 외출하고 돌아온 할머니와 동생, 그리고 외계인이 연분홍 담요를 바닥에 깔고 둘러앉아 있었다. 화투 치는 중이었다. 언니는 다음 판부터 껴, 아싸, 청단! 동생이 외쳤다. 물갈퀴 없는 손으로 외계인은 화투장을 들고 의젓하게 앉아 있었다. 할머니가 슬쩍 외계인의 패를 넘겨보더니 먹을 게 하나도 없다고 혀를 끌끌 찼다. 외계인은 잠시 고민하는가 싶더니 포기하듯 화투장 하나를 담요 위에 조용히 내려놓았다. 그러고는 쌓아 둔 화투장의 맨 윗장을 집어 내리쳤다. 딱, 경쾌한 소리가 마주친 화투장 사이에서 났다. 할머니의 눈이 둥그레졌다. 세상에, 선무당이 사람 잡는다더니 고도리네.

"언니야, 오늘 할머니 재수 떼기가 딱 맞았대."

"멀리서 반가운 손님이 온다고 떨어지더라고."

"진짜 딱 맞았네."

동생과 할머니가 말을 주고받으며 호호호 웃었다. 좀 수줍은 얼굴로 외계인이 말했다. 고, 할게요.

화투 치느라 늦은 저녁을 먹게 됐다. 넷이 둘러앉은 둥그런 밥상 위에는 평소보다 반찬이 많았다. 외계인이 뭘 좋아할지 몰라 할머니가 이것저것 차려 낸 모양이었다. 생생한 체험이 목적이니 평상시와 다름없이 행동해야 한다는 걸 할머니에게 일러 주는 것을 잊었다. 차린 게 없어서 어떡하냐고, 내일은 장을 봐야겠다고, 기별도 없이 오는 법이 어디 있냐고 할머니가 말했다. 내 말이.

오면 온다고 말이라도 해 줬어야지. 지구 방문이 하루 이틀 계획한 일도 아닐 텐데, 이렇게 느닷없이 오다니. 미리 알려 준다고 해서 딱히 달라질 건 없지만 적어도 마음의 준비 정도는 할 수 있지 않은가. 이쪽 생각은 전혀 안 하는 이기적인 행위로 우주 대통합과 평화를 이룰 셈인가, 하며 나는 외계인을 주시했다. 입에 또 안 맞으려나. 계란처럼 손도 안 대려나.

햄과 생선구이, 된장찌개와 오이김치, 시금치무침과 어묵볶음, 양파장아찌와 오징어젓갈 사이에서 망설이던 외계인은 젓가락으로 생선 대가리를 꾹 눌렀다. 그러고는 조금 어설프지만 아예 엉망은 아닌 젓가락질로 생선 껍질과 가시를 발라내고 살만 뜯어 오물오물 씹었다. 외계인이 미소 지으며 말했다. 맛있네요. 지켜보던 할머니는 그제야 마음이 놓인 듯 숟가락을 들었다. 동생은 기다렸다는 듯이 젓가락으로 햄을 쿡 찍었다.

티브이를 보고 있는데 엄마가 돌아왔다. 동생은 늘 그러듯이 달려가서 엄마 배에 얼굴을 비볐다. 동생은 엄마 냄새가 좋다고 코를 비벼 대는데 정확히 말하면 고기 냄새였다. 엄마가 일하는 식당에서는 점심때는 김치찌개를 팔고 저녁에는 고기를 팔아서 퇴근할 무렵이면 엄마는 정수리에까지 고기 냄새가 배어 있었다.

엄마는 땀 흘려서 끈적거린다고 손사래 치며 동생을 떼어 내고 식당에서 챙겨 온 남은 반찬을 부지런히 냉장고에 넣었다.

“엄마, 손님 왔어.”

동생의 말에 엄마는 한번 돌아보더니 재밌게 놀다 가라고 했다. 머리를 감고 크림을 문질러 바르고 머리를 말리지도 않은 채 엄마는 뒷목을 주무르며 방으로 자러 들어갔다. 금요일이구나. 금요일 밤은 손님이 많아서 엄마가 더 힘들어 보인다고 생각하고 있는데 외계인이 말했다. 원래 먹고사는 게 힘드니까요.

아, 깜짝이야.

뉴스에서는 여전히 외계인 방문에 대해 얘기하고 있었지만 낮에 본 속보 내용과 크게 다르지 않았다. 외계인이 지금 우리 집에서 족욕을 하고 있습니다, 외계인과 패밀리 레스토랑에 왔습니다, 외계인은 계란은 먹지 않습니다, 하는 내용들은 하나도 없었다. 다른 네 가족 모두 나사가 당부한 대로 일체 함구하고 있는 모양이었다. 아, 맞다. 할머니 입단속하는 걸 깜빡했다.

할머니는 리모컨을 쥔 채 꾸벅 졸고 있었다. 친구들에게 변변찮은 손녀 자랑은 못 하고 대신 외계인 자랑이라도 하면 어쩌나 싶었다. 그러다 쥐도 새도 모르게 나사가 할머니를 끌고 갈 리는 설마 없다고 생각했지만 그쪽은 미국이기도 하니 일을 또 어떻게 처리하는지 모를 노릇이었다. 방에 이불을 펴 놓은 뒤 들어가 주무시라고 깨우니 할머니는 안 잔다, 하고는 또 꾸벅 졸았다.

동생과 양치를 하러 욕실로 들어갔다. 동생이 이를 꼼꼼히 닦는지 감시하는데 외계인이 욕실 문 사이로 슬쩍 들여다보고 있었다. 새 칫솔을 하나 꺼내 주니 어쩨 싫은 기색이 역력했지만 할 수 없다는 듯 욕실 안으로 들어와 양치질을 시작했다. 아주 대충 하고 있었다.

"주먹밥을 하나 주더란 말이야."

잠든 줄 알았던 할머니가 어둠 속에서 잠꼬대하듯 중얼거렸다.

나는 어깨가 결리고 등도 쑤시는 것 같아서 자세를 바꿔 보려고 했지만 꼼짝달싹할 수 없었다. 할머니와 내가 누우면 딱 좋을 방에 외계인 잘 자리를 펴서 빠듯한데 동생까지 베개를 들고 와 같이 자고 싶다고 난리를 피우는 통에 넷이 누우니 숨이 턱 막힐 지경이었다. 세상에 방이 넘쳐 나는 집도 많을 텐데 왜 하필 우리 집인가 하는 생각에 절로 한숨이 나왔다. 이건 생생한 지구 체험이라기보다 극기 훈련 아니겠어? 그러니까 지금 방 안에는 지구인 셋과 외계인 하나가 누워 있는데 누운 순서로 말하자면 벽에서부터 문 쪽을 향해 동생, 외계인, 할머니 그리고 내가, 할머니가 주걱으로 밥 퍼 담듯 꾹꾹 눌러 담겨 있었다.

"그게 그렇게 맛있었지?"

아는 얘기라 나는 적당한 타이밍에 추임새를 넣었다.

"그래. 쌀이라고는 몇 알 섞이지도 않고 시커먼 보리로, 잘 뭉치지도 않는 보리쌀로 만든 주먹밥이 그렇게 맛있더라고. 먹다 보면 굵은소금이 막 씹히는데 그래도 맛있어. 저 먹을 걸 안 먹고 뒀다 몰래 날 준 거야. 그 꼬챙이같이 마른 것이."

미순 할머니 얘기였다. 할머니의 어릴 적 친구였다. 열다섯, 동갑이었다. 둘은 일본에서 만났다.

공장에서 일하면 돈도 많이 주고 공부도 시켜 준다고 해서 할머니는 일본에 갔다고 한다. 할머니는 공부가 하고 싶었단다. 여자라고 학교를 안 보내 줘서 오빠 숙제하는 것을 넘겨다보며 글을 익혔다. 공부는 하고 싶지만 집을 떠나 멀고 먼 일본에 가고 싶지는 않았는데 아버지가 가라 하니 안 갈 수 없었다. 미순 할머니는 마을 냇가에서 빨래를 하다 잡혀 왔다고 했다. 미순 할머니는 글을 몰랐다. 할머니가 미순 할머니에게 이름 쓰는 법을 가르쳐 줬더니 참 좋아했다고 한다. 땅바닥에 손가락으로 미순, 미순, 하고 쓰다 누가 볼까 봐 서둘러 지웠다. 하루는 미순 할머니가 어디서 종이와 연필을 구해 와서 집에 편지를 써 달라고 해서 부르는 대로 할머니가 받아 적었다. '어머니, 안녕하신지요. 저는 잘 있습니다.'로 시작되는 편지였다. 하지만 편지를 부칠 방법이 없었다. 할머니와 미순 할머니는 다른 여자애들과 함께 갇혀 있었고 늘 감시당하고 있었기 때문이다. 간혹 탈출을 시도했던 아이는 매를 맞고 며칠을 굶어야 했다. 온몸이 퉁퉁 부어 맞은 자리가 거뭇해져 죽은 미순 할머니가 남긴 조촐한 짐 속에는 할머니가 써 준 편지가 꼭꼭 접혀 있었다. '돈 많이 벌어 집에 돌아갈 때까지 안녕히 계십시오, 어머니.'라고 끝나는 편지. 미순 할머니는 할머니가 되지 못한 채, 열여섯 살에 죽었다. 그곳에서 살아 집으로 돌아온 건 할머니 혼자뿐이었다.

할머니는 입이 무거웠다. 살면서 미순 할머니 얘기를 아무에게도 한 적 없었다. 할머니가 일본에 갔다 왔다는 건 엄마도 나도 전혀 몰랐다. 할머니 이야기를 들은 건 1년 전이었다. 친한 친구가 하나 있었다고, 할머니는 나와 엄마를 불러 앉히고 이야기를 시작했다. 그렇게 시작된 이야기는 한참 이어졌다. 그러더니 말했다. 미순이 같은 친구들이 많다고. 그래서 그 친구들을 만나 보고 싶다고, 할머니는 그래도 되겠냐고 물었다. 내내 코를 훌쩍이던 엄마는 코를 팽 풀더니 말했다. 왜 그걸 이제야 말해. 엄마는 티슈 상자를 꼭 붙잡고 어깨를 들썩였다. 보고 싶으면 만나야지. 내 말에 할머니가 가만히 웃었다. 얼마 뒤 할머니는 다른 친구들과 함께 텔레비전에 나왔다. 할머니와 할머니의 친구들은 오랫동안 하지 못했던 이야기를 기자들 앞에서 했다.

그 뒤로 매일 밤 할머니는 내게 미순 할머니 얘기를 했다. 처음

듣는 이야기도 있었지만 대부분은 들었던 이야기를 듣고 또 들었다. 나는 말을 배우고 친구 좀 사귄 뒤로 하루도 빼놓지 않고 족히 10년은 넘게 할머니에게 내 친구 얘기를 하고 또 했다. 심지어 송이가 안드로메다 오빠들을 버리고 루나 언니들을 좋아하게 될 모양이라는 엄청난 비밀까지 다 털어놓고 말았다. 그러니 나도 할머니 이야기를 들어 주는 게 당연했다. 비밀에는 질량 보존의 법칙이 있으니 내가 할머니에게 얹은 무게만큼 할머니도 훌훌 털어 내고 가벼워졌으면 좋겠다. 앞으로 한 2, 30년, 아니 내가 귀가 어두워지기 전까지는 들어 줄 작정이다. 평생 참았으니 그 정도도 부족하지 싶다.

"그런데 깜짝 놀랐지 뭐냐. 어쩜 이리 하나도 안 변했는지. 보자마자 바로 알아봤다니까. 나는 이렇게 쭈그렁 할망구가 됐는데 미순이는 여전히 저렇게 곱다."

숨소리가 들려왔다. 쌔액, 쌔액 내쉬는 작은 숨소리. 주경이는 잠들었나 보다. 아마 외계인의 목에 팔을 두르고 다리도 척 걸치고 있을 거다. 외계인은 자나. 외계인도 자나. 눈을 감고 가끔은 코를 골고 침도 좀 흘리며 자나. 확인해 보고 싶지만 확인해서 뭘 어쩌랴 싶었다.

"할머니."

"오야."

"꿈꿨어?"

"그러니까, 꼭 꿈인 줄 알았다니까. 이렇게 다시 만날 줄 누가 알았냐."

그러게요, 어둠 속에서 외계인의 목소리가 들려왔다. 낮고 평온한 음성이었다.

나는 뭔가 이상하다는 생각이 들었다. 뭐가 이상한가 하다 외계인과 함께 누워 있는 이 상황 자체가 이상하지 안 이상한가 하다가…… 앗, 생각났다. 외계인은 분명 윤주운 씨를 찾는다고 했는데. 박복자 씨가 아니라. 내 옆에 누운 박복자 씨는 어느새 푸르르, 푸르르 숨을 내쉬며 잠들어 있었다. 맞아요, 윤주운 씨를 찾아왔어요, 하는 소리가 들려왔다. 이번에는 놀랍지도 않았다.

우리는 저녁이면 모기향을 피워 놓고 수박을 먹고 찐 옥수수와 감자도 먹었다. 외계인은 수박은 한 쪽 먹고 옥수수는 입에 안 맞는지 감자만 조금 먹었다. 화투도 매일 밤 쳤는데 외계인은 좋지도 싫지도 않은 얼굴로 의젓하게 앉아 '났네요!'라든가 '광 팔고 죽으세요, 윤주운 씨' 같은 말을 하곤 했다.

여느 때처럼 고기 냄새를 풍기며 퇴근하고 온 엄마는 머리를 말리다 문득 우리를 돌아보며 만날 집에서 심심하겠다며 방학이니 어디 하루 놀러 갔다 오라며 내게 용돈을 줬다. 외계인이 안 가 본 데를 가 보자며 동생은 놀이공원이 어떻겠냐고 외계인에게 물었다. 주경이가 가고 싶은 데라면 어디든 좋아요, 하고 외계인이 대답하자 동생은 기뻐서 또 와락 외계인을 끌어안았다.

아침에 눈을 뜨자마자 놀이공원으로 갔다. 김밥과 주먹밥에 닭튀김이며 이것저것 잔뜩 든 큼직한 도시락을 들고 갔다. 뭐가 외계인 입맛에 맞을지 몰라 할머니가 새벽부터 일어나 준비했다. 외계인은 일찍 일어나서 좀 피곤한지 연방 하품을 하며 눈가를 비볐다. 우주선 타고 블랙홀 건너온 외계인이 놀이공원 따위가 뭐 신나겠나 싶었지만 그러거나 말거나 지구인들은 완전 들떠 버렸다. 롤러코스터를 타고 나서 머리가 산발이 된 동생과 나를 보며 외계인은 흐응, 하는 묘한 미소를 지었고 회전목마는 넷이 다 탔는데 황금마차에 할머니와 나란히 앉아서 오르락내리락 빙글빙글 돌고 있는 외계인의 얼굴은 웃는 것도 같고 아닌 것도 같은 애매한 표정이었다.

외계인이 제일 흥미로워한 건 퍼레이드였다. 동화나 만화 속 주인공의 모습과 동물 분장을 한 공원 직원들이 요란한 음악에 맞춰 신나게 춤을 추는 것을 외계인은 잠시도 눈을 떼지 않고 구경했다. 퍼레이드가 끝난 뒤 외계인이 작은 목소리로 내게 말했다.

지구인은 꿈과 환상을 이런 곳에서 찾는군요. 윤주운 씨도 그런가요?

내가 대답하기도 전에 외계인은 동생 손에 이끌려 어딘가로 사라졌다.

여름 한 철을 함께 지낸 뒤 외계인은 떠났다. 방문했을 때처럼 손을 다소곳이 모은 채, 그동안 신세 많이 졌다고 인사를 했다. 할머니는 많이 울며 한동안 외계인을 안고 있다 손을 꽉 잡으며 밥 많이 먹고 건강하게 지내다 꼭 또 오라고 말했다. 동생은 눈이 퉁퉁 부어서 외계인을 와락 그러안고 등을 쓰다듬으며 귓가에 대고 뭐라고 속삭였다. 나는 어떻게 해야 하나 고민하다 외계인이 내민 손을 잡고 한동안 마주 보다 마지막으로 꼭 껴안았다. 따뜻하고 부드러웠다. 어쩐지 그리운 느낌이 들었다. 그러고 나자 조용히 외계인은 떠났다.

나사의 발표에 의하면 외계인들은 무사히 돌아갔다고 했다. 그들은 사랑과 배려를 보여 준 지구인 모두에게 감사하다는 메시지를 보내왔다. 다섯 나라의 평범한 가정에 머물렀던 외계인들은 소중하고 의미 있는 시간을 보냈고 이 경험을 귀중한 자료로 보존하겠으며 앞으로 지구와 긴밀한 유대를 지속하겠다고 약속했다. 그리고 지구에서 보낸 시간을 영원히 기억하겠다고 전했다.

외계인이 떠난 뒤 나사는 다섯 가족과 은밀히 접촉했다. 가족들은 건강검진과 정신 진단을 비롯한 각종 검사를 받았고 심리치료도 병행됐다. 이후 흥미로운 결과가 발표되었다. 다섯 가족의 구성원 모두 건강과 정신, 심리 상태에서 전혀 이상이 발견되지 않았지만 특이하게도 각자 묘사한 외계인의 모습이 모두 달랐다는 것이다.

외계인의 모습으로 제일 많이 거론된 건 먼저 세상을 떠난 가족이었다. 사고로 죽은 어린 딸, 오래전에 돌아가신 엄마, 암 투병 끝에 세상을 뜬 남편, 유독 사이가 좋았던 자매. 어릴 적 같이 놀던 친구도 있었다. 동물의 모습이었다고 말한 사람도 있었다. 제일 작은 동물은 햄스터, 가장 큰 동물은 코끼리였다. 코끼리 모습을 한 외계인의 방문을 받은 이는 은퇴 전에 동물원 사육사였다고 한다. 햄스터였다고 말한 이는 방문 가족 중 가장 나이가 어린 아이로, 아이는 외계인에 대한 언급은 없었고 피너츠랑 매일 같이 놀았다고 얘기했다. 피너츠는 아이가 키우던 햄스터로, 1년 6개월 전 우리에서 꺼내 준 뒤 사라졌었다고 한다.

나는 뉴스 소리를 들으며 계란을 삶다가 동생에게 물었다.

"너한테는 뭐였어?"

"언니 왜 그래? 언니도 신나서 같이 놀아 놓고. 우리 코코였잖아."

동생은 어이가 없다는 듯 눈을 동그랗게 뜨고 대답했다.

코코. 한동안 함께 살던 우리 가족이었다. 며칠 동안 우리 집 앞에서 혼자 울던 새끼 고양이. 어미는 보이지 않았다. 혹 사람 손

타면 완전히 어미에게 버려질까 싶어 우유에 불린 사료만 주고 지켜보다 유독 기온이 많이 떨어진 밤에 집으로 데려왔다. 야윈 아기 고양이는 젖병도 잘 못 빨고 울기만 했다. 동생과 나는 밤새 우는 아기 고양이를 번갈아 쓰다듬어 주며 같이 울다가 셋 다 지쳐서 새벽에야 잠이 들었다. 동생은 고양이에게 코코라는 이름을 지어 주었다. 동생은 늘 코코를 껴안고 등을 살살 쓰다듬으며 귓속말을 하곤 했다. 동생의 비밀을 코코는 많이 알고 있었을 것이다. 골골 소리를 내며 내 품을 파고드는 코코를 가만히 안고 있으면 마치 우주를 껴안고 있는 듯한 기분이 들었다. 6년 2개월을 우리와 함께 살고 코코는 고양이 별로 돌아갔다.

그렇게 외계인은 코코의 모습으로, 할머니의 어린 친구의 모습으로, 혹은 누군가에게는 먼저 떠난 가족이나 코끼리의 모습으로, 우리에게 다시 와 잠시 머물다 떠났다. 나사의 발표에 의하면 조사 대상자 중에 외계인의 방문을 전혀 인식하지 못한 사람과 외계인의 모습을 기억하지 못하는 사람이 몇 있었다고 한다. 그 중 하나가 나였다. 외계인의 모습이 어땠는지 나는 기억나지 않는다. 아니, 기억나지 않는다고 말했다. 그것은 나만의 비밀로 하고 싶다. 나사도 비밀로 한 것이 많았으니 나도 비밀 하나쯤은 가져도 되지 않을까.

한 가지만 털어놓자면 나를 방문한 외계인의 모습은 오랫동안

잊고 있었던 혹은 잃어버렸다고 생각했던, 나에게 무척 소중한 존재였다. 하나 더 말하면, 방문해 줘서 몹시 기뻤다.

화성의 소년

야간열차를 타 봐야 인생을 알 수 있다고, 할아버지는 말했다. 할아버지는 젊었을 때 유라시아 횡단 열차를 탄 적이 있었다. 선로 위를 덜컹거리며 달리는 기차에서 몇 날 며칠 잠을 자고 밥도 먹었다. 잠시 서는 역에 내려 신선한 공기를 들이마시고 낯선 언어로 흥정을 시도하는 행상인들의 바구니를 구경하다 슬그머니 떠나는 기차에 부리나케 올라타 국경을 몇 개나 넘었다고 했다. 아빠는 할아버지의 말에 미소만 지었다. 아빠도 기차를 타 본 적이 있었다. 젊었을 때 배낭을 메고 파리에서 로마까지 세 시간 만에 도착하는 급행열차를 타고 여행했다고 한다.

나도 기차를 타 본 적이 있다. 아빠는 그건 레일 위를 달린다는 것 말고는 진짜 기차와 완전히 다르다고 했다. 내가 타 본 건 놀이공원의 롤러코스터였다. 진짜 기차는 박물관에 가야 볼 수 있었다. 전시된 기차는 박제된 동물처럼 보였다.

지상의 기차는 모두 멈춘 지 오래되었지만 지금도 달리는 기차가 딱 하나 있다. 바로 은하를 달리는 열차였다. 그 은하열차를 내가 타게 되었다. 우리 집 남자 중 처음이다. 눈 덮인 시베리아 벌판을 지나 오로라가 빛나는 얼음의 왕국까지 갔던 할아버지는 오래전에 돌아가셨다. 지구가 온통 얼음과 눈으로 뒤덮인 몇 해 뒤였다. 여기선 못 견디겠구나 하고 말하던 할아버지는 어느 날 훌쩍 여행이라도 떠나듯 세상을 떠났다.

열차가 출발을 알리는 기적 소리를 울렸다. 매끈한 은하열차가 그 옛날 할아버지가 탔던 고색창연한 기차와 닮은 점이라고는 완벽히 복원된 기적 소리뿐이었다. 기적 소리가 향수를 불러일으켰는지 서리 낀 차창 밖에 서 있는 아빠가 벅찬 표정을 지었다. 열차에 올라타는 순간까지 밥 잘 먹고 비타민제를 꼭 챙겨 먹고 속옷을 자주 갈아입으라고 잔소리하던 엄마는 기어이 손수건을 꺼내 눈가를 닦기 시작했다. 기적 소리가 길게 한 번 더 울린 뒤 열차는 눈보라를 일으키며 움직이기 시작했다. 차창 너머 부모님은 손을 흔들며 몇 발자국 따라왔지만 눈 깜짝할 새에 시야에서 사라져 버렸다.

푸른 하늘을 가르고 두터운 구름층을 뚫고 난 뒤로 이내 어둠이 펼쳐졌다.

미동도 없이 열차는 나아갔다. 움직이고 있다는 증거는 오직 차창 밖의 풍경뿐이었다. 아니, 그것도 거의 변하지 않은 지 오래였다. 기차는 마치 할아버지가 탔던 야간열차처럼 밤을 달렸다. 완전한 어둠은 아니다. 얼음 부스러기 같은 빛이 사방에 흩뿌려져 있다. 위성과 별 무리, 혹은 크고 작은 운석 조각들이 눈앞으로 다가왔다 기억나지 않는 꿈처럼 아득히 멀어졌다. 천체 수업 시간에 수도 없이 본 풍경이었지만 실제로 보니 오히려 현실감이 없었다.

문득 돌아보니 막 내가 떠나온 곳은 작고 푸른 점처럼 보였다. 할아버지와 아빠는 기차를 타고 국경을 넘었지만 나는 우주를 건너 지구에서 약 60억 킬로미터 거리에서 희미하게 빛나는 작은 별에 내리게 된다. 명왕성, 그곳이 목적지다. 눈부신 태양과 청량한 공기, 덥지도 춥지도 않은 기온과 쾌적한 습도, 맑고 깨끗한 물이 풍부하게 넘치는 완벽하게 조성된 인공 도시가 있는 곳. 심지어 숲과 폭포와 바다까지 있다고 했다. 물론 그것들도 다 인류가 엄청난 기술과 자본으로 만들어 낸 것들이었다. 푸른 파도 속에서 헤엄치고 있는 아이들을 영상에서 봤을 때 나는 가슴이 쿵쾅거리고 머릿속이 아득해졌다. 바다에서 수영한다는 것, 나는 그게 어떤 기분인지 상상조차 할 수 없었다. 천국, 그것이 명왕성의 다른 이름이었다. 그곳에 내가 가고 있는 것이다.

이미 사라지고 없는 별들이 내는 빛 사이를 열차는 소리 없이 달렸다. 두근거리던 가슴이 차츰 가라앉았다.

급격히 졸음이 밀려왔다. 간밤에 한숨도 못 잔 탓이었다. 부모님도 잠을 설친 듯했다. 아침 식탁에서 아빠는 연방 하품을 하며 커피를 마셨다. 온실에서 생산되는 커피는 값도 비싸고 구하기도 힘들었다. 예전 커피 맛에 비할 수 없다고 하면서도 아빠는 커피를 끊지 못했다. 아빠는 눈과 얼음으로 덮이기 전 세상의 모든 것을 그리워했다. 그때의 것들은 다 진짜였다고 했다. 내가 거의 기억하지 못하는 때의 이야기다. 아빠가 들려주는 그 시절 이야기들은 거짓말 같다.

식탁에는 아침으로는 좀 과하다 싶을 정도로 음식이 가득 차려져 있었다. 모두 내가 좋아하는 음식들이었다. 많이 먹으라고 말하는 엄마의 눈가가 부풀어 있었다. 음식은 좀처럼 줄지 않았다. 누이동생 앞의 접시만 깨끗이 비워져 있었다. 동생은 내가 집을 나설 때 내다보지도 않았다.

누군가 어깨를 두드리는 기척에 눈을 떴다. 눈앞에 제복을 입은 승무원이 서 있었다.

"검표입니다. 신분증도 함께 주시죠."

날카로운 눈초리의 승무원이 말했다. 출발 전에 철저한 검표와 검역을 거친 뒤였고 문제 될 건 하나도 없었지만 어쩐지 긴장이 됐다. 나는 코트를 젖혀 재킷 안쪽 주머니에서 열차표와 신분증을 꺼내 내밀었다.

"좋은 학교죠. 대통령이 될지도 모르겠군요."

무뚝뚝한 승무원의 얼굴에 의외의 미소가 떠올랐다. 아니, 의외가 아니다. 코트 아래 내가 입고 있는 교복을 본 사람들은 대개 그런 미소를 지었다. 선망과 부러움, 다소 체념과 질투가 섞인 미소. 그것은 큼직한 태양 마크가 달린 이 교복을 향해 지금껏 내가 지었던 표정이기도 했다.

명왕성에 있는 기숙학교는 모두가 선망하는 곳이었다. 지구 아이들 대부분이 태어나자마자 기숙학교의 입학시험을 준비했다. 갓 선출된 대통령이 내가 입학하게 될 학교 출신이었다. 관료들 대부분도 같은 학교 출신이었다. 법관과 경찰과 군의 고위 간부도 물론이다. 시험에 통과한 극소수가 세상을 지배했다. 정치가든, 기업가든, 로켓 조종사든, 나는 무엇이든 될 수 있을 것이다. 이제 도착하게 될 학교만 졸업한다면 성공은 보장된 것이었다.

"그런데 좀 늦었군요."

승무원의 말대로였다. 나는 예정보다 늦었다. 출발 직전에 미열이 있었기 때문이다. 바이러스에 감염됐을 가능성이 있다는 신체검사 결과를 받고 재검까지 초조했던 시간을 떠올리면 지금도 진땀이 난다. 다행히 다시 실시된 신체검사에는 무사히 통과했다. 하지만 그 때문에 일주일 늦게 출발하게 됐다. 은하열차는 일주일 간격으로 운행됐다.

지금쯤 다른 아이들은 학교에서 오리엔테이션을 받고 있을 것이다. 오리엔테이션에 빠지는 대신 간단한 테스트가 있을 거라는 메일을 학교로부터 받았다. 불안했다. 간단한 테스트가 뭘까. 입학 허가를 받기까지 수많은 시험을 치렀다. 학과 시험은 물론 체력 측정과 지능과 인성 검사까지 각종 시험에 통과해야만 했다. 돈과 시간, 내가 지닌 모든 것을 쥐어짜 시험에 쏟아부었다. 학교가 학생에게 요구하는 것은 많았으나 보상이 확실했으니 그만한 대가는 치를 만했다. 어떤 테스트든 나는 반드시 통과해서 꼭 졸업을 하고 말 거다.

하지만 나를 불안하게 하는 건 따로 있었다. 오리엔테이션에서 이미 아이들은 서로를 탐색한 끝에 패를 가르고 서열도 정했을 것이다. 아니, 열차를 타고 가는 동안 아이들은 이미 그들만의 오리엔테이션을 끝냈을 것이다. 아이들과 친하게 지내고 싶은 건 아니지만 혹 불이익을 당할까 봐 걱정이었다. 학과 점수만큼 중요한 품성 점수에 마이너스가 될 수도 있다.

"입학 축하합니다."

승무원이 내 열차표와 신분증을 돌려주며 말했다. 나는 고맙다고 대답했다.

승무원이 다음 칸으로 사라진 뒤 나는 고개를 통로 쪽으로 내밀고 승객들을 훑어봤다. 혹시 나처럼 뒤처진 학생이 있는지 확인해 보고 싶었지만 코털을 뽑는 아저씨와 눈이 마주쳤을 뿐이었다. 늦은 학생은 나 혼자뿐인 것 같았다. 객차는 반쯤 차 있었다. 내 옆자리와, 가운데 테이블을 두고 마주 앉게 된 앞 좌석도 비어 있었다. 좀 아쉬웠다. 도착하면 내 태양 마크는 별로 자랑할 만한 것이 못 된다. 거기에는 수많은 태양 마크가 있을 테니까.

갑자기 시끌벅적한 소리가 들려왔다. 고개를 살짝 들어 보니 한 무리의 사람들이 객차 문을 열고 떠들썩하게 들어오고 있었다. 스무 명 남짓한 사람들이었다. 모두 광택이 도는 초록색 점퍼를 입고 같은 색의 모자를 쓰고 있었다. 어떤 사람들인지 알 만했다. 큰 소리로 떠들고 연방 웃어 대는 초록 모자들은 통로 중간에 멈춰 서더니 객차가 떠나갈 듯이 구호를 외치기 시작했다. 앉아 있던 초록 점퍼의 남자도 모자를 쓰고 일어나 구호에 동참했다. 구호 뒤에는 요란스러운 노래가 이어졌다. 응원가였다. 화성에서 개최되는 월드 시리즈를 구경하러 가는 단체 관광객들인 게 분명했다.

월드 시리즈. 시작은 지구인과 화성인의 친선 게임이었다. 5년 전 지구의 대통령이 화성에 초대받았을 때였다. 방문을 축하하기 위한 화성인과 지구인의 합동 공연과 행사가 대대적으로 치러졌다. 그중 하나가 야구였고, 그 친선 게임 중계는 지구인들을 열광시켰다. 그 뒤로 월드 시리즈가 정식으로 만들어져 해마다 개최됐다. 월드 시리즈라고 하지만 참가하는 팀은 화성과 지구뿐이다. 참가하고 싶다는 다른 행성은 없다. 지구의 훌륭한 야구 감독과 코치를 보내 주겠다고 제의했지만 모두 완곡하고 정중하게 거절의 뜻을 표했다. 참가 팀을 늘리기 위해 지구는 노력 중이다. 월드 시리즈가 진짜 월드 시리즈가 될 때까지 포기하지 않을 것이다.

화성에서 하는 야구는 지구의 야구와 전혀 달랐다. 선수들은 발레리노나 체조 선수처럼 보였고 득점수로 보면 농구에 가까웠다. 홈런이 펑펑 터졌다. 글러브를 낀 수비수들은 백조처럼 날아올랐지만 공은 가볍게 선수 머리 위를 지나 둥근 지평선 너머로 사라졌다. 화성의 공기는 희박했고 중력은 지구의 0.38배밖에 되지 않기 때문이다. 골격이 가늘고 길쭉한 화성인들의 머리 위로 공이 사라지면 지구인들은 미친 듯이 함성을 지르며 날뛰었다. 반대의 경우에도 마찬가지였다. 다만 함성이 야유로 바뀔 뿐이었다. 지구 팀이 늘 우승이었다. 그것은 야구 종주국의 위상이었다. 하지만 최근 화성 팀의 반격이 만만치 않았다. 이번 해는 어느 때보다 흥미진진한 경기가 될 거라는 전망이었고 우승 팀에 대해서도 예측이 분분했다.

나는 물론 지구 팀을 응원했고 아빠도 월드 시리즈의 열렬한 팬이었다. 하지만 월드 시리즈를 보기 위해 화성 원정까지 할 정도는 아니었다. 은하열차 푯값은 보통 사람들은 엄두도 내지 못할 고가였다. 초록 모자 무리들은 분명 일하지 않고도 통장에 차곡차곡 돈이 들어오거나 이미 쌓여 있는 사람들일 것이다. 월급쟁이로 부자 되는 건 태양이 예전처럼 되길 바라는 것만큼이나 허황된 꿈이라고 아빠가 말한 적 있다. 아빠는 매일 직장에 출근하고 매달 월급을 꼬박꼬박 받고 하루 한두 잔 커피 마시는 게 최대의 사치라고 생각하는 사람이었다. 그래서 자신과는 다른 삶을 내게 물려주기로 결심했다. 아빠의 월급과 인생 상당 부분은 내 입학시험 준비에 바쳐졌다. 나는 아빠와 다르게 살 것이다. 지금 그 출발점에 있는 셈이다.

승무원이 와서 조용히 해 달라고 사정하고 나서야 초록 모자 무리들은 객차를 떠났다. 아마 다음 객차로 가서 초록 모자를 찾아내고 함성을 지르고 어깨를 얼싸안으며 구호를 외치고 응원가를 불러 댈 것이다. 소란에 눈살을 찌푸리거나 말리는 승객은 아무도 없었다. 월드 시리즈 응원가에 누가 싫은 낯을 보일 수 있단 말인가. 우주의 모든 생명체는 이 화해와 통합의 아름다운 축제에 열광하는 것이 당연했다. 언젠가는 나도 저 초록 모자 무리에

끼게 될지도 모른다.

무리가 떠나자 열차 안은 다시 조용해졌다. 창밖은 내내 같은 풍경이었다. 어둑한 객차 안에는 이따금 코 고는 소리가 들릴 뿐이었다. 할아버지가 탔던 야간열차의 낭만 같은 건 어디에도 없었다. 책을 보려고 해 봤지만 집중이 되지 않았다. 내가 챙겨 온 책은 『우주 공용어 사전』 한 권뿐이었다. 방 정리를 하며 더는 필요 없는 책을 다 버리고 나니 이것만 남았다. 내 책장은 입학시험을 준비하기 위한 참고서로만 채워져 있었다. 책을 덮고 차창 밖의 어둠을 바라보다 어느 틈에 졸다가 깨서 잠시 창밖을 내다보다 다시 잠이 들곤 했다. 잠결에 화성에 도착한다는 안내 방송이 들려왔다.

승객 몇이 가방을 챙겨 서둘러 기차에서 내렸다. 기적 소리와 도착했다는 안도와 떠나는 설렘, 포옹과 작별의 인사, 이국의 풍경과 언어들이 뒤섞인 역. 할아버지의 이야기 속 야간열차가 서던 역의 풍경은 없었다. 환하게 조명을 밝힌 깔끔한 역은 내가 떠나온 역과 별다르지 않았다. 열차 밖으로 초록 모자가 빽빽이 보였다. 얼마나 많은지 초록 모자 대열이 역을 빠져나가는 데만도 한참이 걸렸다. 소리는 들리지 않았지만 구호를 외치고 있는 게 분명했다. 모두 허공을 향해 같은 각도로 주먹을 연방 휘두르며 입을 벙긋거리고 있었다.

잠시 부산스러웠던 열차 안은 다시 조용해졌다. 새로 탑승한 승객들이 제자리를 찾아 앉았다. 드디어 내 맞은편 좌석도 주인을 만났다. 호리호리한 몸에 긴 코트를 입었다. 갸름한 얼굴이 창백하고, 짧은 머리카락은 불타오르는 것처럼 붉다. 화성인이었다. 화성인을 직접 보는 건 처음이었다. 내 또래인 것 같았다. 화성 나이로는 일곱, 여덟 살쯤 됐을 거다.

아주 오래전 일이지만 나는 내 방을 찾아왔던 외계인을 기억한다. 여섯 살 때였다. 금성의 푸르스름한 빛이 어둑한 방 안에 희미하게 퍼져 있을 때 내 침대맡에 서서 나를 바라보는 낯선 이의 기척을 느끼고 잠을 깼다. 나는 즉시 그가 외계인임을 알아챘다. 수없이 꿈꾸던 순간이지만 그 순간은 분명 꿈이 아니었다. 외계인은 나를 향해 작은 목소리로 뭐라고 속삭였고 나는 귀 기울였지만 무슨 뜻인지 이해할 수 없었다. 외계인은 그대로 떠나 버렸고 나는 눈물을 흘리며 창가로 달려가 외계인의 흔적을 찾으려 애썼다. 그때 내가 우주 공용어를 알았더라면. 아빠는 외계인이 찾아왔다는 내 이야기에 나도 몇 번 만났지, 라고 말했고 엄마는 어서 아침 먹고 유치원에 가라고 했다. 부모님은 외계인보다 더 말이 통하지 않았다. 하지만 이제 다르다.

나는 3년 동안 열심히 익힌 우주 공용어로 내 앞의 화성 아이에게 인사를 건넸다. 창밖만 내다보고 있는 빨간 머리의 아이는 아무 반응도 보이지 않았다. 나는 조금 더 큰 목소리로 인사말을 건넸다. 그제야 아이는 힐끗 나를 바라봤다. 나는 내 가슴에 박힌 태양 마크가 잘 보이도록 코트를 젖히고 가슴을 쭉 폈다. 화성인이라도 내가 입학할 학교를 모를 리 없다. 하지만 얼음처럼 투명하고 말간 눈동자에는 아무런 표정도 드러나지 않았다. 아이의 눈길은 다시 창밖을 향했다.

화성 아이는 공용어를 모를 수도 있다. 어쩌면 내 발음이 어색했거나. 내 발음이 좋지 않다는 건 나도 잘 알고 있다. 그게 늘 부끄러웠다. 열심히 연습했지만 이상하게도 별로 나아지지 않았다. 목성 출신인 공용어 교사는 내 말을 잘 알아들었지만 그는 지구로 이주한 지 오래돼서 공용어보다 지구어를 더 잘했다. 선생님 외에는 다른 별에서 온 사람과 이야기해 본 적이 없었다. 목성인 선생님은 친절했지만 수업 시간이 끝나면 그만이었다. 영영 이방인인 것처럼 굴었다.

행성 간의 이주는 활발해졌고 우주 어디에나 지구인 없는 곳이 없었다. 하지만 다른 행성에서 지구로 정착해 온 이주민들을 만나기는 쉽지 않았다. 그들과 이웃이나 친구가 될 가능성은 희박했다. 그들은 전용 거주 구역에 살면서 거의 자기들끼리만 어울렸다. 그들 대부분은 24시간 쉬지 않고 돌아가는 공장에서 일했고 눈에 잘 띄지 않았다. 어떤 집에서는 이주민을 가사도우미로 들여 지구 요리법을 가르쳤다. 나는 딱 한 번 친구 집에서 이주 가사도우미를 본 적이 있었다. 앞치마를 두른 가사도우미는 내 친구와 내게 샌드위치와 주스를 가져다주었다. 친구 말로는 가사도우미가 지구 말은 거의 하지 못해서 답답하지만 그 애 엄마는 그게 나을 수도 있다고 했단다. 지구인 가사도우미와 달리 임금을 인상해 달라거나 금방 그만두겠다고 할 염려가 없어서였다. 집안의 시시콜콜한 일들이 밖으로 새어 나갈 걱정도 없었다.

나는 가방에서 통역기를 꺼내 들었다. 몇 달 동안 엄마를 졸라서 산 것이었다. 엄마는 내게 통역기 같은 건 필요 없다고 했지만 그건 평생 지구에서 살다 죽을 엄마에게나 해당되는 소리였다.

통역기를 화성 언어에 맞추고 지구 언어로 인사를 했다. 통역기를 거친 내 목소리가 화성 언어로 변환되어 흘러나왔다. 안녕, 이라는 짧은 단어는 다소 길게 발음되었다. 바이올린이나 첼로 같은 현악기에서 흘러나오는 소리와 비슷했다. 동물원에서 들어봤던 새 울음소리 같기도 했다. 부리가 붉고 온몸이 무지갯빛 깃털로 덮여 있던 새는 누군가를 부르듯 길고 애타게 울었다. 화성 언어는 말이라기보다는 의미 모를 노래 같았다.

화성 아이는 이번에도 아무 반응이 없었다. 화성인이 아니라면 잠시 화성을 방문했던 다른 행성의 주민인지도 모른다. 외모는 화성인이 틀림없지만 혹시나 해서 나는 이번에는 목성 언어에 맞춰 인사말을 했다. 끌로 바위를 긁는 것 같은 소리가 났다. 역시 반응이 없었다. 토성과 명왕성 언어로 말해 봤지만 마찬가지였다. 내 통역기는 그것이 고작이었다. 비싼 통역기는 우리은하 밖 행성 언어까지 통역할 수 있지만 내 통역기는 태양계 몇몇 행성과 명왕성까지가 한계였다. 맞은편 승객은 꿈쩍도 하지 않았다.

나는 머쓱해져서 창밖으로 고개를 돌렸다. 어릴 때 내 방을 찾아온 외계인을 그냥 보냈을 때처럼 한없이 서글픈 마음이 들었다. 나는 무엇이든 이야기하고 싶었다. 내가 입학하게 될 학교와 그 학교에 입학하기 위해 얼마나 열심히 노력했는지, 그리고 내 앞에 펼쳐진 무한한 가능성에 대해, 하다못해 야구 이야기라도 하고 싶었다. 지구에서는 상상할 수 없을 만큼 수없이 홈런이 터지는 우스꽝스러운 화성 야구에 대해 이야기하며 함께 웃고 싶었다.

차창 밖에는 부연 성운이 음울하게 펼쳐져 있고 까만 유리창 위에는 창백하고 갸름한 얼굴이 무심히 비치고 있었다. 아무리 봐도 화성인이 분명했다. 한 가지 더 분명한 것은 완전히 나를 무시하고 있다는 것이었다. 열차 안은 서늘했지만 내 얼굴은 달아올랐다. 그때 요란한 울음소리가 터졌다.

나는 소리가 나는 곳을 향해 고개를 돌렸다. 새로 탑승한 승객들이었다. 부부로 보이는 젊은 남자와 여자, 여자의 품에는 아기가 안겨 있었다. 아기의 울음소리는 잠자던 승객을 죄다 깨웠다. 승객들 모두 짜증스러운 얼굴로 부부를 쳐다보고 있었다. 울음소리보다 더 짜증스러운 건 아기를 조금도 달랠 줄 모르는 요령부득의 여자였다. 우주법상 은하열차에 여자가 탑승할 수 있는 경우는 남자 보호자와 동반할 때뿐으로 정해져 있다. 여자의 보호자임이 분명한 남자는 승객들의 시선에 당황한 얼굴로 여자를 나무랐다. 여자가 아기를 안고 황급히 객차 문을 열고 나가자 그제야 조용해졌다. 객차 사이 통로에 서서 아기를 안고 어르는 여자의 모습이 보였다. 아기가 울음을 그쳤는지는 모르지만 객차 안은 다시 평온을 되찾았다. 그런데 이상했다.

무엇이 이상한 걸까 곰곰이 생각해 봤지만 아무것도 이상한 것은 없었다. 하지만 역시 뭔가 이상했다. 신경을 건드리는 뭔가가 있었다. 절대 그럴 리 없지만 그러지 않고서는 설명할 수 없는 뭔가가 있었다. 이게 그것인가. 그거구나.

나는 선반 위에서 가방을 내려 무릎에 올려놓고 조용히 가방 속을 헤집었다. 찾던 것이 손에 닿았다. 나는 그것을 가만히 손에 쥐었다. 마음이 편해지는 걸 느꼈다. 기숙학교의 아이들에게 들킨다면 틀림없이 비웃음을 당할 것을 알면서도 기어이 챙겨 넣은 것, 내가 기억하는 모든 순간 내 옆에 있었던 친구, 외계인이 찾아왔던 밤의 유일한 증인, 털이 닳고 여기저기 기운 자국이 누덕

누덕한 잿빛 쥐 인형은 몰골이 얼마나 흉측한지 누이동생을 놀래는 데도 그만이었다.

나는 쥐 인형을 화성의 소년 쪽으로 던져 올렸다. 높고 가느다란 비명 소리가 객차 안에 울려 퍼졌다. 나는 머리 위의 비상 버튼을 눌렀다. 이내 승무원과 우주 경찰이 달려와서 소년, 아니 화성의 소녀를 끌고 나갔다. 소녀는 끌려가면서 비로소 내 얼굴을 바라보았다. 뭔가 말하고 싶은 표정이었다. 하지만 이제 난 아무 관심도 없다.

나는 어두운 창밖을 바라보았다. 유성 무리가 회오리를 그리며 저 멀리 스산하게 빛나고 있었다. 나는 창 위로 비치던 창백하고 갸름한 얼굴을 떠올렸다. 아기의 울음이 터진 순간, 고개를 돌리고 아기를 바라보던 얼굴에 퍼지던 표정.

얼음처럼 투명한 눈에는 오래전에 사라진 것이 담겨 있었다. 언젠가 누이동생의 얼굴에서 그것을 본 적 있다. 어느 오후 어린 동생이 밖에서 떨고 있는 강아지를 데려와 품에 안고 쓰다듬을 때였다. 하얀 털이 눈과 진흙에 잔뜩 더렵혀진 세균 덩어리는 이내 방역 당국이 회수해 갔고 동생은 구급차에 실려 가며 눈물을 흘렸다. 사흘 동안 병원에 격리되어 있던 동생은 그 뒤로 나와 말을 하지 않는다. 방역 당국에 신고한 것은 나였다. 동생은 나보다 우주 공용어를 훨씬 잘하지만 동생이 지구를 떠날 일은 없을 것이다.

나는 동생이 강아지를 향해 보이던 눈빛을 기억하고 있다. 작고 가여운 것을 향한 한없이 부드러운 눈빛. 내가 좀처럼 쓸 일 없었던 단어 몇 개로 말하자면, 그 눈에 담긴 것은 연민과 사랑이었다. 아무짝에도 쓸모없는 그런 건 이제 사라지고 없다.

나는 텅 빈 앞 좌석을 바라보며 이것이 아마도 학교에서 예고한 테스트고, 이번에도 무사히 통과했다고 생각했다.

새

아빠는 돈을 주고 엄마를 사 왔다. 중매비 천만 원에 비행기 삯 이백만 원, 선물과 옷값 오백만 원. 할머니는 이 얘기를 세 끼 밥 먹는 것보다 더 자주, 질긴 고기 씹듯 잘근잘근 말했다. 치사스럽다는 게 뭔지도 모를 아주 어릴 적부터 들어서 내 귀에 새긴 듯 박혀 있다. 엄마의 가격은 천칠백만 원. 하지만 개한테 줘도 시원찮을 하자 있는 물건. 할머니는 글은 몰라도 셈은 밝았다. 나는 다른 엄마들도 다 돈 주고 사 오는 줄 알았다.

엄마는 조금 미쳐 있었다. 알아듣지 못할 괴상한 말만 했다. 할머니는 내가 엄마와 이야기하지 못하도록 했다. 얘기한다고 해도 어차피 서로 아무것도 알아듣지 못했다. 얘기하고 싶으면 말을 배워. 할머니가 소리 지르면 엄마는 입을 꾹 다물었다.

말을 아예 못 하는 것은 아니다. 엄마와 내가 둘이만 있을 때면 엄마는 내 귀에 대고 소곤소곤 뭔가 이야기했다. 나는 엄마가 새가 아닐까 생각했다. 엄마가 내게 속삭이는 소리는 새가 지저귀는 것 같았다. 그러나 엄마 입에서 나오는 소리는 대부분 울음이나 비명이었다.

우리는 밭 가운데에 살았다. 배추나 콩 넝쿨이 끝도 없이 이어진 곳에 드문드문 서 있는, 사람 사는 기척이 없고 서로 구별하기 매우 힘든 집들 중 한 곳에 살고 있었다. 지붕은 낮고 마당이 앞뒤로 넓은 집이었다. 집 뒤로는 키 낮은 나무들이 더부룩한 언덕이 이어져 있었다. 아침에 방문을 열면 마당까지 희뿌연 안개가 몰려와 있었다. 안개 속에서 낯선 냄새가 희미하게 났다. 나는 그게 바다 냄새라고 생각했다.

나는 바닷가에 가 본 적이 있었다. 걸핏하면 시동이 꺼지는 아빠의 낡은 트럭을 타고 갔다. 할머니와 나는 트럭 짐칸에 탔다. 아빠 옆자리에는 엄마가 앉아 있었다. 장에 갈 때는 할머니가 늘 조수석을 차지했는데 그날은 엄마가 앉았다. 할머니는 흔들리는 짐칸 구석에 웅크리고 앉아 마땅찮다는 얼굴로 궁둥이와 허리가 아프고 멀미도 나서 죽겠다고 내내 앓는 소리를 했다. 나는 바다에 간다는 기대감으로 별것 없는 주변 풍경도 신기한 듯 바라보고 있었다.

한참 만에 도착한 바닷가에는 모래사장도 조개껍질도 수영하는 사람도 없었다. 쓰레기가 둥둥 떠 있는 잿빛 물 위에 작은 배가 몇 척 매여 있고 바다를 둘러싼 길에는 식당이 늘어서 있었다. 그중 한 식당에 들어가 밥을 먹었는데 뭘 먹었는지는 기억이 잘 나지 않는다. 바다에서 풍기는 냄새는 집에서 맡던 냄새와 달랐다. 문드러지기 시작한 생선 냄새가 날 뿐이었다. 어딘가 진짜 바다가 있을 거라고 나는 생각했다.

밥을 먹자마자 바닷가를 떠났다. 집으로 돌아올 때는 자리를 바꿔 할머니가 조수석에 타고 엄마가 짐칸에 탔다. 아빠는 내 귀에 대고 말했다. 엄마 손을 꼭 잡고 있어. 절대로 놓으면 안 돼. 나는 조금 놀랐다. 작은 목소리로 이야기하는 것은 중요한 말이라는 뜻이었다. 아빠의 목소리는 언제나 필요 이상으로 컸다. 나는 아빠가 당부한 대로 엄마 손을 꼭 잡고 있었다.

아빠의 당부는 쓸데없는 것이었다. 엄마는 덜컹거리는 짐칸 위에서 내가 튕겨 나가기라도 할 듯이 나를 꼭 안고 있었다. 물론 손도 꼭 잡고 있었다. 차가 달리자 엄마의 긴 머리카락이 바람에 날려 내 얼굴을 덮었다. 엄마의 머리카락에서 바다 냄새가 난다고 생각했지만 내 착각이었을 것이다. 나는 진짜 바다 냄새를 몰랐다. 내 기억에 우리 가족이 모두 함께 외출한 건 그때뿐이었다.

할머니는 늘 바빴다. 밭도 매고 콩도 까고 깨도 털었다. 분주한 와중에 엄마를 감시하느라 잠시도 쉬지 못했다. 부엌에서 밥을 짓는 엄마를 지켜보며 혀를 차고 마늘도 제대로 빻지 못한다고 잔소리를 했다. 할머니는 입맛이 없다면서도 시금치는 너무 삶았고 국은 맹탕이라고 정확히 맛을 평가했다. 어느 날 예의 맛 평가가 시작되자 아빠가 밥상을 엎어 버렸다. 그날로 할머니의 반찬 타박도 끝이었다. 할머니는 밭에 나갈 때 꼭 엄마를 앞세우고 갔는데 엄마가 일을 잘해서라기보다는 아빠 눈치 보지 않고 하고 싶은 말을 다 할 수 있기 때문이었다. 엄마는 밭일도 서툴러서 타박 듣기 딱 좋았다.

할머니는 점심 먹을 때마다 술을 한잔 마시고 잠깐 낮잠을 잤다. 틀니를 뺀 입을 살짝 벌리고 잠든 할머니의 거무튀튀하고 주름 깊은 얼굴은 언젠가 티브이에서 봤던 미라처럼 보였다. 나는 그때마다 기대에 차서 할머니 코에 손가락을 대 봤는데 뜨뜻한 숨결에 이내 손가락이 축축해져서 실망하곤 했다. 나는 태어났을 때부터 할머니 손에 크다시피 했다. 유치원 처음 갈 때도 초등학교 입학식에도 엄마 대신 할머니가 내 손을 잡고 있었다. 다른 아이들이 엄마에게 그러듯, 나는 모든 것을 할머니에게 의지했다. 그렇게 긴밀한 존재이고 보니 살아 있는 것만큼 죽는 것도 신경 쓰였다.

살아 있는 것은 언젠가는 죽는다는 걸 내가 알게 된 게 언제부터였는지는 모르겠다. 우리 동네에서는 사람이 태어나는 것보다는 죽는 게 흔했다. 할머니가 죽고 나면 어떨지 종종 상상하곤 했는데 마을 잔치가 벌어질 것은 확실했다. 앵두나무집 할아버지가 죽었을 때도 덩굴댁 할머니가 죽었을 때도 돼지를 잡고 한 상 차려 먹었기 때문이다. 잔치가 벌어지면 떡 접시나 국그릇은 동네 아줌마들이 나르겠지만 분명 내가 할 일이 있을 거라고 생각했다. 뭔지는 확실히 몰랐다.

낮잠을 잘 때 할머니는 엄마를 가두고 방문 밖에 자물쇠를 채웠다. 미쳐서 돌아다니는 것보다는 방 안에 있는 게 안전했다. 할머니가 이웃집에 놀러 가거나 장에 갈 때는 방 안에 물 주전자와 요강을 넣어 줬다. 엄마는 방 안에서 입술을 침으로 축이며 참고 참다 더는 참지 못하면 요강에 오줌을 쌌다. 나는 혼자 놀다가 이따금 문이 잘 잠겨 있는지 보러 갔다. 자물쇠를 당겨 확인할 때면 안에서 조심스럽게 문 두드리는 소리가 들렸다. 속삭이는 목소리도 들려왔다. 열어 달라는 뜻이라고 짐작했지만 나는 모른 척했다. 할머니가 목침 밑에 열쇠를 숨겨 두는 것을 알고 있었지만 집 안에서 누구 목소리가 더 큰지도 나는 잘 알고 있었다.

우리 집은 많은 것을 길렀다. 밭에서 나는 배추와 고추, 콩, 그런 것들은 별로 돈이 안 됐다. 돈도 안 되는 것들을 할머니는 힘들다, 힘들다 하며 길렀다. 아빠는 돈 되는 것들을 키웠다. 우리 집 뒷마당은 온통 개와 염소 천지였다. 마루 밑에는 고양이도 몇 마리 죽치고 있었지만 키우는 것은 아니었다. 가끔 할머니 몰래 멸치 대가리를 고양이에게 던져 주는 건 엄마였다. 배부른 고양이는 쥐를 잡지 않는다고 알려 주고 싶었지만 엄마는 미쳐 있어서 가르쳐 줘 봐야 소용이 없었다.

엄마가 기를 수 있게 허락받은 것은 머리카락뿐이었다. 할머니가 가위를 들면 엄마는 머리를 감싸고 비명을 지르며 달아났다. 할머니는 재미난 구경이라도 난 것처럼 합죽한 입가에 주름을 잡고 웃으며 부러 철컥철컥 가윗날 부딪치는 소리를 냈다. 하지만 할머니가 자르는 건 내 머리카락이었다. 보자기를 두르고 마루에 앉아 있는 나를 엄마는 멀찍이서 불안한 얼굴로 바라봤다. 할머니가 엄마 머리를 자른 적이 있었다고 나는 짐작했다. 엄마는 잘린 머리카락을 쥔 채 울기만 했을 것이다. 다시는 할머니가 엄마 머리에 손대지 못하는 것은 아빠 때문일 것이다. 아빠는 엄마가 우는 걸 무척 싫어했다. 엄마는 이틀에 한 번 머리를 감고 정성스레 빗질한 뒤 숱 많은 머리를 한데 모아 단정하게 묶었다. 우리 집에서 엄마가 마음대로 할 수 있는 건 그것뿐이었다.

개들과 염소들은 뒷마당에 쇠 울타리를 사이에 두고 이웃해 살았다. 개들과 염소들은 서로에게 관심이 별로 없었다. 가끔 개들이 염소를 향해 이유 없이 짖다가도 아빠가 몽둥이를 들고 소리를 지르면 꼬리를 말고 잠잠해졌다. 개들과 염소들은 부지런히 먹고 부지런히 새끼를 낳았다. 이름은 지어 주지 않았다. 어차피 한 해가 가기 전에 팔려 갈 놈들이었다. 팔려 가지 않고 남아 새끼를 낳는 개들은 누렁이나 얼룩이, 혹은 점박이로 불렸다. 염소들은 아무 이름도 갖지 못했다. 죄다 검은 놈밖에 없었기 때문이다. 개들은 주로 여름에 팔리고 염소는 가을에 팔렸다. 나는 개와 염소가 어디로 가는지 알고 있었다. 좋은 약으로 쓰인다고 할머니가 말해 줬다. 그러니 배추와 콩보다는 값을 더 받을 수 있었다. 엄마를 사 오느라 우리 집에는 빚이 아주 많다고 했다. 개와 염소를 아주 많이 팔아야 갚을 수 있는 빚이었다.

개들에게 밥을 주는 것은 내 몫이었다. 아빠가 시킨 일이었지만 재미도 있었다. 내가 사료 포대를 들고 뒷마당에 나타나면 개들은 좋아서 날뛰며 짖어 댔다. 나는 개들과 노는 게 좋았다. 어떻게 놀아야 재밌는지 잘 알았다. 개들이 목줄이 팽팽해질 때까지 내 앞으로 기어 나오길 기다렸다. 어떤 놈은 제 집을 질질 끌고 오기까지 했다. 내 앞에 바짝 엎드려 꼬리를 풍차처럼 돌려 대면 나는 그제야 사료를 부어 주었다. 그래야 밥 주는 주인을 알아보는 법이라고 아빠는 내게 가르쳐 줬다. 좀 지나서는 똥 치우는 일까지 내 몫이 됐는데 그건 전혀 즐겁지 않았다. 개들은 먹기도 엄청 먹고 똥도 푸지게 쌌다.

아빠는 봄과 여름에 종종 염소들을 몰고 언덕으로 올라갔다. 염소들은 장난이 심했다. 아빠는 막대기로 한눈팔거나 옆길로 새는 염소 궁둥이를 때려 무리로 돌아가게 했다. 나는 그저 슬슬 염소 무리 뒤를 따라가기만 했다. 아빠는 언덕 위에서 염소 떼를 감시하며 부지런히 풀을 벴다. 구경하다 심심해지면 나는 먼저 집으로 돌아왔다.

아빠가 언덕에 올라가지 않는 날이면 대신 내가 염소를 끌고 풀을 먹이러 가기도 했다. 내가 먹이를 뜯기는 염소는 눈이 초롱초롱하거나 털이 반지르르한 새끼 염소들이었다. 초롱이나 별이 같은 이름을 내심 지어 줬지만 소리 내어 부르지는 않았다. 짐승에게 정 주는 건 쓰잘데없는 짓이라고 할머니가 그랬다. 염소들은 언덕으로 올라가지 않고 자꾸 밭으로 줄을 당기며 달려갔다. 염소들이 콩잎을 다 뜯어 놔서 할머니가 멍청한 놈이라고 욕을 했다.

기르는 것 중 아빠가 제일 애지중지하는 건 새였다. 앞마당 한쪽에 있는 창고 안에 바닥부터 천장까지 닿는 커다란 새장을 짜 넣고 새를 수십 마리 길렀다. 앵무새나 잉꼬, 카나리아, 문조 같은 것들이었다. 종류도, 색도, 모양도 다른 새들은 다투는 일 없이 하루 종일 노래를 불렀다. 허공에 이리저리 매달아 놓은 나뭇가지에 앉아 그네도 탔다. 짝을 지어 알을 낳으면 부화시켜 내다 팔았다. 작고 총명한 눈을 가진 새들은 아빠의 말을 알아들었다. 아빠는 휘파람으로 명령했다. 아빠가 휘파람을 불면 새들이 아빠가 내민 손 위나 머리와 어깨 위에 살짝 내려앉았다. 오색찬란한 새로 뒤덮인 아빠는 좀 웃기게 보였다. 아빠의 휘파람 소리만큼은 근사했다. 부르면 새가 날아온다는 게 가장 멋졌다. 흉내 내 보려 했지만 둥글게 모은 내 입술 사이로는 피식 하고 바람 빠지는 소리만 났다.

나는 틈날 때마다 창고에 드나들었다. 창고 안에 개 사료가 있었기 때문이다. 창고는 상당히 넓어서 새장을 짜 넣고도 남은 부분에 잡다한 것들을 쌓아 두었다. 개와 새 사료 포대뿐 아니라 밭에 뿌릴 비료와 제초제, 농약 병이 즐비했다. 아빠는 개 사료 포대와 다른 것들을 혼동하지 않도록 내게 주의를 줬는데 절대 헷갈릴 수 없었다. 개 사료 포대에는 개 그림이, 새 사료 포대에는 당연히 새 그림이 그려져 있었다. 나머지는 내가 알 필요 없는 것들이었다.

창고 문을 열면 퍼덕거리는 날갯짓 소리와 함께 지독한 냄새가 코를 찔렀다. 개똥 냄새에 댈 게 아니었다. 아빠는 새들에게 모이는 줘도 똥은 잘 치우지 않았다. 수북이 쌓인 똥은 그대로 굳어 몹시 역겨운 냄새를 풍겼다. 그래도 새들은 아름다웠다. 천장 가까이의 작은 창문으로 비쳐 든 햇살에 깃털이 반짝반짝 빛났다.

제일 예쁜 건 무지개잉꼬였다. 머리는 병아리색이고 몸통은 연한 푸른색과 초록, 연보라색 깃털이 물결처럼 어른어른 뒤섞여 있었다. 부리는 오렌지색, 부리 윗부분은 분홍색이었다. 얼굴에는 물감 한 방울을 툭 떨어뜨린 듯 짙푸른 점이 하나 선명하게 있었다. 아빠 말로는 귀한 거라고 했다. 비싸다는 뜻이었다.

아빠는 새장 안으로 들어가지 말라고 내게 몇 번이나 경고했다. 나는 새를 만져 보고 싶었다. 내가 새장 안에 들어가 나무 그네에 앉아 있는 새를 살며시 만질 때면 엄마는 가만히 웃어 주었다. 엄마도 새를 좋아했다. 같은 소리로 노래하니 당연했다.

어떻게 되는지 보여 주마. 어느 날 아빠가 새장 안에 있던 내게 말했다. 내 옆에 있던 엄마가 내 손을 꼭 잡았다. 무슨 소리인지 알아듣지 못했을 텐데도 엄마의 얼굴은 굳어 있었다. 아빠는 휘파람을 불었다. 새들이 날아 아빠의 몸을 덮었다. 아빠는 손바닥 위에 앉은 새 한 마리를 그대로 움켜쥐었다. 부리 색이 붉고 회색빛이 도는 문조였다. 엄마와 나는 손을 잡은 채 아빠를 따라 마당으로 나왔다.

아빠는 마당 가운데 서더니 새를 쥔 손을 하늘을 향해 활짝 펼쳤다. 새가 하늘로 솟구쳐 날아올랐다. 새는 몇 번 허공을 맴돌더니 마당의 커다란 감나무 가지 위에 내려앉았다. 어리둥절한 듯 새는 가지 위에 앉아만 있었다. 아빠가 휘익 휘파람을 불었다. 그러자 새는 기다렸다는 듯이 나뭇가지를 떠나 아빠의 주먹 속으로 쏙 들어갔다. 마술 같았다. 마술사가 모자에서 토끼를 꺼내기 전에 뜸을 들이듯 아빠가 나를 잠시 바라보더니 말했다. 잘 봐라.

나는 그게 끝인 줄 알았다. 하지만 아니었다. 아빠가 쥐었던 주먹을 펴자 회색 뭉치가 툭 떨어졌다. 그것을 고양이가 냉큼 물고 가 버렸다. 나는 고양이에게 밥을 많이 주지 않은 것을 후회했다. 엄마가 바닥을 물끄러미 바라보고 있었다. 새 깃털이 몇 개 떨어져 있었다. 창고에 다시는 들어가지 마라. 아빠가 말했다. 개 사료 포대는 마루 위로 옮겨졌다.

내가 다니던 초등학교는 집에서 멀었다. 입학하고 나서 며칠은 아빠가 트럭으로 데려다주었지만 이내 혼자 버스를 타고 다니게 됐다. 버스 정류장까지도 한참을 걸어야 했다. 학교에 도착하면 이미 지쳐서 아무것도 하고 싶지 않았다. 여러 가지 것들을 배웠지만 대부분은 쓸모없는 것들이었다. 이상한 애들도 있고 그 애들이 이해할 수 없는 방법으로 친구를 괴롭힌다는 것도 알았지만 모르는 게 나을 법한 것들이었다. 학교에서 있었던 일을 집에 가서 말해야 좋을 게 없다는 것도 알게 되었는데 어차피 내게는 필요 없는 지식이었다. 우리 집에서는 내가 학교에서 뭘 하는지 궁금해하는 사람이 없었기 때문이다. 집안 얘기를 학교에서 꺼내지 않는 게 좋다는 건 뒤늦게 알았다.

어느 날 한 아이가 내 옆에 슬그머니 와 앉았다. 그 애는 우리 반에서 키가 제일 크고 받아쓰기를 잘하는 애였다. 나는 받아쓰기를 잘 못했다.

그 애가 물었다.

"너희 엄마는 어느 나라에서 왔냐?"

너무 이상한 질문이라 나는 웃어 버렸다.

"쟤네 엄마는 필리핀에서 왔대."

받아쓰기를 잘하는 애가 내 맞은편 아이를 가리켰다.

우리 반은 모두 여섯 명이었는데 교탁을 가운데 두고 반원 모양으로 책상을 두고 앉았다. 내 자리는 반원의 오른쪽 끝이었고 엄마가 필리핀에서 왔다는 애는 반원의 왼쪽 끝이었다.

나는 우리 엄마는 아빠가 돈 주고 사 왔는데 어디에서 사 왔는지는 잘 모르지만 아마 필리핀인 것 같다고 대답했다. 내게 질문한 애는 내 대답에 만족한 듯 씩 웃으며 제자리로 돌아갔다. 하지만 사실 나는 필리핀이 뭔지도 몰랐다. 엄마를 어디에서 사 왔는지는 생각해 본 적도 없었다. 뒷마당이 넓은 집이나 시장이 아니라면 어디서 사 온단 말인가. 개나 염소는 다 그런 곳에서 팔려 나갔다.

나는 할머니에게 튀기가 뭐냐고 물었다. 반 애들은 나를 작은 튀기라고 불렀다. 필리핀에서 엄마가 왔다는 애가 큰 튀기였다.

그 애가 나보다 조금 키가 컸다. 할머니는 합죽한 입을 벌리고 나를 바라봤다. 어디서 그런 소리를 들었냐고 넌지시 묻는 얼굴에는 궁금함보다는 드디어 올 것이 왔구나 하는 기색이 역력했다.

그전에 새끼 염소가 죽은 것을 보고도 할머니는 그런 표정을 지었다. 유독 부실하게 태어나 엄마 젖도 빨지 못하는 것을 아빠는 며칠 동안 젖병을 물리며 돌봤다. 결국 죽고 만 새끼를 보고 할머니는 그것 봐라, 죽는다니까 하고 신묘한 점쟁이처럼 의기양양하게 말했다. 아빠는 죽은 염소 새끼를 개 우리 안으로 던져 버렸다. 우리 안에서 요란하게 짖는 소리가 났지만 아빠는 몽둥이를 들지 않았다. 내가 할 수 있는 건 귀를 막는 것뿐이었다.

할머니는 장롱 속에서 사탕을 꺼내 내게 내밀었다. 내가 좋아하는 딸기 맛 사탕이었다.

"애들이 그렇게 부르던?"

할머니는 사탕을 또 하나 내밀며 물었다. 이번에는 오렌지 맛이었다. 딸기 맛만큼은 아니지만 오렌지 맛도 내가 좋아하는 것이었다.

"놀리던? 돈 주고 엄마 사 왔다고 놀리던?"

나는 아무 대답도 하지 않고 사탕도 받지 않았다. 하지만 할머니는 알고 있었다. 할머니는 학교에 다닌 적도 없으면서 알 건 다 알았다. 할머니는 내 뒤통수를 쥐어박았다.

"입이 붙었나 왜 말을 안 해? 먹은 밥이 적어서 입이 붙었어? 누굴 닮아서……."

할머니는 화들짝 놀란 듯 입을 닫았다. 하지만 그게 끝은 아니었다.

할머니의 쭈글쭈글한 가슴 속에는 부글부글 끓어오르는 화산이 하나 있었다. 억지로 누르고 있지만 언제라도 분출할 준비가 되어 있었다. 나는 화산이 어디로 분출할지 잘 알고 있었다. 점박이가 새끼를 두 마리밖에 못 낳은 것도, 새끼 염소가 죽은 것도, 콩밭에 잡초가 많은 것도, 이른 서리에 배추가 다 얼어 버린 것도, 무릎이 쑤시는 것도, 허리가 아픈 것도, 소화가 되지 않는 것도, 집안이 화목하지 못한 것도, 세상만사 다 재미없는 것도, 쓸모없는 계집애 하나 낳고 그만인 것도 다 한 가지 원인 때문이었다. 모든 화의 근원은 엄마, 내 엄마였다.

할머니는 벌떡 일어나 관절염 때문에 잘 걷지도 못하는 다리를 잽싸게 놀려 부엌에서 밥을 하고 있던 엄마의 머리채를 순식간에 잡아챘다. 엄마의 입에서 비명 소리가 났다. 할머니는 머리채를 한사코 놓지 않았고 엄마의 비명은 울음으로 변했다.

울음소리는 밤늦게까지 이어졌다. 건넌방에서 들리는 소리에 나는 잠들지 못했다. 아빠의 고함과 뭔가 부서지는 요란한 소리가 난 뒤에야 엄마의 울음이 멈췄다. 내 옆에 누워 잠든 척하던 할머니가 말했다. 미친개한텐 몽둥이가 약이다.

다음 날 학교가 끝나고 나는 집으로 돌아가지 않았다. 필리핀에서 엄마가 왔다는 애를 따라갔다. 그 애의 엄마도 조금 미쳐 있는지 궁금했다. 그 애 엄마도 새가 지저귀는 것처럼 얘기하는지 알고 싶었다. 필리핀이 어딘지도 물어보고 싶었다. 그 애 아빠는 얼마에 엄마를 사 왔는지 궁금했다.

버스에 오르는 나를 발견한 그 애의 눈이 동그래졌다. 그 애와는 몇 번 말을 한 적이 있었다. 반 친구 모두 친하게 지내야 한다고 선생님은 말했다. 하지만 친해지기도 전에 나는 그 애와 말하지 않게 되었다. 그 애와 내가 튀기라고 불린 뒤부터였다. 왠지 어색했다. 그 애도 내게 말을 걸지 않았다. 나는 종종, 아니 실은 자주 그 애를 바라봤다. 반원의 맞은편 자리라 고개를 들면 늘 그 애가 보였다. 눈이 마주치면 나는 슬며시 눈을 피했다. 그 애가 먼저 고개를 돌리기도 했다. 버스에서 그 애는 눈을 피하는 대신 씩 웃으며 내게 손짓을 했다. 그 애 옆자리는 비어 있었다.

어디로 가는지 모르지만 버스는 한참 달렸다. 우리 집 가는 방향은 아니었다. 그 애를 따라 버스에서 내렸다. 따라가면 필리핀에서 왔다는 그 애의 엄마를 볼 수 있을까. 우리 엄마처럼 갇혀 있어서 보지 못할까. 그 애의 집에도 할머니와 개와 염소와 휘파람으로 새에게 명령하는 아빠가 있을까. 나는 뭐가 보고 싶은지 모른 채 따라가기만 했다. 이대로 가면 필리핀까지 가는 걸까. 그때 그 애가 말했다. 야, 우리 놀다 갈까.

조금 걷자 바다가 나왔다. 진짜 바다였다. 모래사장이 있고 모래를 향해 깨끗한 파도가 밀려들고 있었다. 잘 마른 빨래에 코를 대면 맡아지는 볕 냄새가 사방에서 풍겼다. 콧속이 상쾌해졌다. 그 애는 양말을 벗더니 바지를 걷어 올렸다. 물에 들어갈 날씨는 아니었다. 그 애는 파도를 향해 걸어 들어갔다.

"따뜻해. 물속은 따뜻해."

그 애가 뒤돌아보며 말했다.

나도 양말을 벗고 바지를 걷어 올리고 그 애처럼 파도 속으로 걸어갔다. 파도가 슬쩍슬쩍 발등을 핥았다. 점박이 혀처럼 간질간질하고 별이 코처럼 따뜻하고 부드러웠다. 점박이와 별이는 아무도 안 사 갔으면 했다. 점박이와 별이는 정말 귀여웠다. 점박이와 별이는 내가 빈손으로 나타나도 꼬리를 휘저으며 달려왔다. 지오가 나를 부르는 소리가 들렸다. 지오, 그게 큰 튀기의 이름이었다.

리나. 엄마가 그렇게 말했다. 오래전 일이었다. 내가 그림 그리고 있던 스케치북을 가져다 엄마는 무언가 그렸다. 그려 놓은 것을 가리키며 엄마는 리나, 라고 말하고 손가락으로 자신을 가리켰다. 엄마가 그린 그림은 여러 마리의 새처럼 보였다. 고개를 날

갯죽지에 파묻고 있는 잉꼬와 부리가 구부러진 앵무새, 포르르 날아오르는 문조. 엄마가 또 새를 몇 마리 그리더니 말했다. 주희. 그러고는 나를 가리키며 주희, 라고 말했다. 리나, 주희. 엄마가 스케치북을 짚으며 말했다. 나는 엄마가 그린 새 옆에 비슷하게 흉내 내어 그린 뒤 리나, 주희 하고 말했다. 그러자 엄마는 정말 기쁜 얼굴로 나를 꼭 안아 줬다. 나는 스케치북에서 찢어낸 엄마의 그림을 한동안 갖고 있었지만 지금은 어디로 가고 없다. 주희, 엄마가 써 준 내 이름이 어떻게 생겼는지 잊어버렸다. 하지만 그림처럼 보이던 글자가 몹시 아름다웠다는 것만은 기억이 난다.

지오가 보이지 않았다. 나는 지오를 찾아 두리번거렸다. 갑자기 세찬 파도가 밀려와 균형을 잃고 무릎이 푹 꺾였다. 물이 내 몸을 감싸 안았다. 물속은 차갑지도 숨이 차지도 않았다. 커다란 깃털에 휩싸인 기분이었다. 눈을 뜨고 물속을 들여다보자 저만치 부신 빛이 쏟아져 나왔다. 눈앞이 먹먹해졌다.

꿀로 눈꺼풀을 붙인 것처럼 나는 반쯤 눈을 감고 있었다. 햇살이 녹아 흘러내렸다. 타는 듯한 열기로 어질어질했다. 낯선 거리였다. 사방에서 처음 맡아 보는 야릇한 냄새가 났다. 이른 아침에 불어오는 바다 냄새와 엄마의 머리에서 나는 샴푸 냄새와 장롱 속에 들어 있는 딸기와 오렌지 맛 사탕이 녹은 듯한 냄새와 별이가 뜯는 풀 냄새와 그것을 뜯고 자란 별이에게서 나는 비릿한 젖 냄새가 뒤섞인 듯한 이상하고도 그리운 냄새가 햇살과 함께 공기 중에 붕붕 떠다녔다.

잎이 넓은 나무 그늘 아래에는 머리가 길고 눈이 아름다운 여자들과 태양 빛에 그을려 반짝반짝 피부가 빛나는 아이들이 함께 앉아 있었다. 순한 눈을 지닌 개와 염소는 그늘 아래에서 졸고 고양이는 햇볕 속에서 얼굴을 닦았다. 꽃이 만발하고 열매가 익어 강렬한 빛과 향을 내뿜었다. 샛노란 과일이 가득 달린 나무 위에서 처음 보는 새들이 지저귀었다. 나무 아래의 여자들도 노래를 불렀다. 어디선가 들어 본 노래처럼 친숙했지만 처음 듣는 노래였다.

멀리 환한 광채 속에서 한 여자가 걸어왔다. 너무 눈부셔 얼굴은 잘 보이지 않지만 활짝 웃고 있다는 것을 느낄 수 있었다. 여자가 걸을 때마다 깃털 같은 옷이 부드럽게 나부꼈다. 여자의 목소리가 들려왔다. 귀를 기울이자 내 이름을 부르는 소리였다. 나는 여자가 누군지 알 것 같았다. 한 번도 본 적 없는 모습이었지만 누군지 분명히 알 수 있었다.

여기야?

그래, 여기야.

노란 햇살이 눈을 찔렀다. 이내 해가 이지러지고 바다는 온통 붉은빛으로 변했다. 찬 바람이 불어왔다.

나를 집 앞에 내려 준 뒤 지오 아빠의 차는 이내 떠났다. 차창 밖으로 지오가 팔을 내밀어 내게 흔들어 주었다. 나는 구불구불한 길을 달리는 차를 한참 바라보았다. 사라져 보이지 않을 때까지 집 앞에 서 있었다.

집 안은 조용했다. 나는 방으로 들어가 책가방을 내려놓고 할머니 옆에 앉았다. 얼마 남지 않은 해가 할머니 얼굴 위로 불길한 그림자를 그려 놓았다. 할머니의 낮잠이 유독 길었다. 나는 늘 그랬듯이 할머니 코 밑에 손가락을 대 보았다. 할머니가 죽는다면 내가 할 일이 있을 텐데 할머니는 죽지 않아서 무엇을 해야 할지 몰랐다.

나는 활짝 열려 있는 건넌방 문 앞을 지나 마당으로 나갔다. 마당의 감나무는 봄이 다 지나가고 있는데도 싹 틀 조짐이 없었다. 지난해 따지 않고 남겨 두었던 감 하나가 나무 꼭대기에 까맣게 말라붙어 있었다. 새 먹으라고 남겨 두는 것이라고 할머니는 알려 줬다.

나는 뒷마당으로 가서 개들이 짖기 전에 사료를 푸짐하게 부어 주고 마른풀을 염소 우리 안에 넉넉히 넣어 주었다. 별이의 털을 쓸어 줬지만 먹느라 정신이 없어 나를 거들떠도 안 봤다. 아빠는 아직 돌아오지 않았다. 새들도 먹어야 할 시간이었다.

창고 문을 열었다. 훅, 냄새가 풍겨 왔다. 작은 창문이 한 줌 햇살마저 남김없이 거둬 가 버린 창고 안은 어둑하고 고요했다.

나는 아마도 그러리라고 생각했던 것 같다. 지오네 아빠 차 뒷자리에서 흔들리며 꾸벅꾸벅 졸면서 집으로 돌아올 때 짐작했던 것 같다. 지오와 바닷가에서 놀고 있었을 때 알았던 것 같다. 아침에 목침 밑에서 열쇠를 꺼내 주머니 속에 넣었을 때 예감했던 것 같다. 아주 오래전부터 알고 있었던 것 같다. 잠긴 방문 앞에서 울고 있었던 아주 오래오래 전부터. 나는 내가 엄마를 닮았다는 것을 알고 있었다. 엄마를 닮아 나는 잘 울었다. 엄마와 다른 점은 할머니와 아빠 몰래 운다는 것뿐이었다.

발밑에 병이 밟혔다. 뚜껑이 열린 채 뒹굴고 있는 병에서 희미하게 냄새가 났다. 여름 내내 밭에서 돌아온 할머니와 아빠에게서 나던 냄새였다. 잡초만 죽이지 않는 약이라는 걸 엄마에게 말해 줘야 했는데 아마 말해도 소용없었을 것이다. 말해 주지 않아도 잘 알고 있었을 것이다. 절대 만지지 말라고 했던 병들은 안이 텅 비어 아무것도 없었다. 푸드덕 날갯짓하며 날아오르고 그네를 타며 노래하던 아름다운 새들도 없었다. 엄마 역시 사라지고 없었다. 영롱한 빛을 잃고 바닥을 가득 덮고 있는 새들 가운데 엄마가 누워 있었지만 멀리 날아가고 없다는 걸 나는 알았다.

Lost Lake

집은 가파른 산 사이를 말발굽처럼 굽이도는 길 가운데에 돌연 나타났다. 3층 석조 건물이었다. 희끗해진 푸른색 지붕 아래로 작은 간판이 달려 있지만 '로스트 레이크 호텔(Lost Lake Hotel)'이라는 글자는 희미해져 거의 보이지 않았다. 집 앞에 차 한 대가 멈추고 차에서 소년과 소녀, 그리고 선글라스를 낀 여자가 내렸다. 집 앞에서 세 사람은 낯선 곳을 살피는 양 이리저리 두리번거렸다. 하지만 그들은 집에 대해 잘 알고 있었다.

오르내릴 때마다 삐걱거리는 나무 계단과 기름을 먹여 닦아 반질반질한 계단 손잡이. 길쭉한 창으로 스며든 광선 속에서 춤을 추던 미세한 먼지. 집에서 나던 좋은 냄새. 눈 쌓인 침엽수 사이를 불어온 바람이 문틈을 파고들면 집 안 전체에서 숲 냄새가 생생히 풍겼다. 집 안 구조라면 눈을 감고도 훤했다. 2층에는 좁은 복도를 마주 보고 네 개의 침실이 이웃해 있고 삼각 지붕 바로 아래 3층에는 주인 내외의 침실과 작은 응접실이 있었다. 1층은 너른 창으로 둘러싸인 카페였다. 카페 한쪽에는 장작을 넉넉히 때는 큼직한 벽난로가 있었다. 벽난로 옆 테이블에 앉아 창밖을 내다보며 아침을 먹었다. 바지런한 주인 내외의 손길이 곳곳이 닿은 호텔의 최대 장점은 아름다운 주위 풍경이었다.

"문 닫았나 봐."

소년이 문 앞에 걸린 '클로즈드(Closed)'란 팻말을 가리키며 시무룩하게 중얼거렸다. 가까이서 보니 호텔은 쇠락한 티가 역력했다.

"아직 안 연 건지도 몰라."

소녀가 문 앞으로 다가가 인기척을 살폈다. 그때 갑자기 문이 열렸다.

"무슨 일이신가요."

문밖으로 나온 백발의 풍채 좋은 여자를 세 사람은 바로 알아보았다. 호텔의 여주인이었다.

"안녕하세요, 사장님."

소년이 싹싹하게 인사를 했다. 주인은 아는 사람인가 싶어 소년의 얼굴을 유심히 들여다보았지만 기억에 없었다.

"커피 한잔할 수 있을까 해서요."

소년의 옆에 서 있던 선글라스를 낀 자그마한 여자가 말했다.

"배도 고프고요."

소년이 슬쩍 웃으며 덧붙였다. 한눈에도 주인은 세 사람이 가족임을 알 수 있었다.

"죄송하지만 이젠 영업 안 해요. 보이죠?"

주인이 문에 걸린 팻말을 가리키고는 문을 닫으려 했다.

"강아지는요?"

소녀의 말이 주인을 문밖으로 다시 불러냈다.

"여기 강아지 있었잖아요. 하얀 강아지. 이름이 코코고요."

"그걸 네가 어떻게 알아?"

"예전에 여기 묵은 적이 있어요. 딱 이맘때였죠."

소녀의 엄마가 대답했다.

"그때 정말 좋았어요. 그랬지?"

소녀가 동의를 구하듯 말하자 소년과 엄마는 고개를 끄덕였다. 그 순간 세 사람의 얼굴에 마치 크리스마스트리 아래서 선물이라도 발견한 듯한 미소가 떠오르는 걸 보고 주인은 좀 놀랐다.

"그때 코코랑 놀았어요. 여기 마당에서요. 자고 일어났더니 눈이 쌓여 있어서 막 소리 지르며 마당으로 나왔어요. 코코도 좋아서 우릴 따라 나왔죠. 하얀 눈밭 위에서 뛰어다니는 게 얼마나 귀여웠는지 몰라요. 계속 그 모습이 생각났어요. 잠깐 코코만 보고 가면 안 될까요?"

"강아지는 죽었어."

주인의 말에 소녀의 얼굴이 굳었다.

"거봐. 가자."

소년의 말에 소녀는 울 것 같은 표정이 되었다. 세 사람은 쌀쌀한 날씨 탓인지 낯빛이 모두 파리했다. 산에 오면서 옷도 제대로 챙겨 입지 않은 것을 보고 주인은 속으로 혀를 찼다. 세 사람이 걸친 겉옷은 산속 공기를 견디기에는 변변찮았다. 물색없이 이런 날씨에 호수로 나들이 나온 모양이었다. 아예 없지는 않았지만 이맘때 호수로 나들이하는 사람은 드물었다. 이런 추위에는 고기도 호수 깊숙이 숨어 입질도 없고 물론 수영은 가당치도 않은 소리였다.

세 사람은 주인에게 고개를 꾸벅하고 몸을 돌려 주차해 둔 차 쪽으로 걸어갔다. 소년이 메고 있는 배낭이 허리까지 축 늘어져 있었다. 주인은 마치 자신이 세 사람을 쫓아낸 것 같은 기분이 들었다. 오지랖도 넓다고 남편은 그녀에게 늘 말했지만 그 오지랖 덕분에 호텔이 이만큼 버틸 수 있었다. 남편은 말만 많았다.

"저기요."

주인의 목소리에 세 사람이 뒤돌아보았다.

"강아지는 없지만 커피 한잔하고 가요. 마침 한잔 마시고 싶어서 커피를 내리던 중이었수. 집이 좀 어수선하긴 한데, 들어와요."

주인이 문을 활짝 열었다.

카페 안은 냉기가 흘렀다. 구석에는 크고 작은 박스들이 쌓여 있고 포장재들이 널려 있어 주인 말대로 어수선해 보였다. 하지만 그 외에는 세 사람의 기억과 별로 다르지 않았다. 세 사람은 예전에 그랬듯이 커다란 창가 테이블에 앉았다.

"히터를 켰으니 조금 있으면 따뜻해질 거예요."

주인이 커피 주전자를 가져다 세 사람에게 커피를 따라 주며 말했다.

"이 자리가 제일 좋지."

세 사람은 고개를 끄덕여 보이고 창밖을 향해 얼굴을 돌렸다. 파르스름한 하늘 아래로 울창한 침엽수가 레이스커튼처럼 물결쳤다. 저 멀리 골짜기 사이로 자욱한 안개가 피어나고 그 사이로 호수가 언뜻 보였다. 안개에 가린 호수가 작고 푸른 얼음 조각 같았다.

주인은 커피를 마시며 세 사람을 찬찬히 들여다봤다. 소녀는 열대여섯 살쯤 되어 보였다. 털모자를 눌러쓴 소년은 소녀보다 한두 살 많아 보였다. 짐작건대 소녀는 제 오빠보다는 야무질 테고 소년은 넉살이 좋고 별 해 끼치지 않는 자잘한 사고는 좀 치고 다닐 것 같았다. 주인의 막내아들도 소년만 할 때 툭하면 여기저기 다쳐서 집에 돌아오곤 했다. 코에 반창고를 붙이고 입술에 터진 자국이 있는 소년도 아들이 그랬던 것처럼 늘 가방에 축구공을 넣고 다니는지 주인은 궁금했다. 소년의 배낭은 축구공 너덧 개는 족히 넣고도 남을 만큼 컸다.

"코코는 석 달 전에 죽었어. 딱히 아픈 데는 없었고 늙어서 죽었지. 아침에 일어나 보니 벽난로 앞에 자는 듯 죽어 있었어. 코코가 제일 좋아하던 자리였거든."

소년과 소녀는 벽난로를 향해 고개를 돌렸다.

"지금은 저기 있어."

주인이 마당을 눈으로 가리키며 말했다. 이번에도 아이들은 주인을 따라 고개를 돌렸다.

"가여워서, 나이 들면 죽는 건 당연하지만 그래도 가여워서 제일 좋은 관을 사서 묻었어. 다 컸다고 해도 자그마해서 아기용 관에 쏙 들어가더라. 그 전에는 내 남편이 죽었고. 그 사람은 장작을 나르다 허리가 삐끗해서 눕더니 그대로 하늘나라로 가 버렸어. 영감 죽은 건 어찌어찌 견디겠는데 키우던 개가 죽으니 더 못 버티겠더라고. 그래서 산 아래에 방 하나를 구해서 살다가 오늘 마지막으로 정리하려고 올라왔어. 그러니 마침 잘 왔수, 애기 엄마. 그런데 코코가 강아지일 때면 꽤 오래전인가? 여기서 묵고 간 게?"

"10년 전쯤, 네, 그쯤 됐나 봐요."

아이들 엄마가 대답했다. 여자는 실내에서도 선글라스를 벗지 않았다. 여자는 나이 들어 보였다. 늙었다기보다는 지쳐 보였다. 목에 두르고 있는 화사한 스카프 색 때문에 오히려 안색이 안 좋아 보인다고 주인은 생각했다.

"아주 어릴 때였는데 기억이 난단 말이지?"

주인이 묻자 소녀가 고개를 끄덕이고 수줍게 웃으며 말했다.

"가끔 여기 얘기를 했거든요."

"가끔이래!"

소년이 기막히다는 얼굴로 말했다.

"사실은 좀 자주요."

소녀가 얼굴을 붉히며 고쳐 말했다.

"아주아주 자주겠지."

동생이 살짝 흘겨보는 것도 아랑곳하지 않고 소년이 말했다.

"쟤는 매일 호텔 놀이만 하고 놀았어요. 늘 자기는 호텔 주인이고 저는 손님이었죠. 아, 가끔 코코 역도 했어요. 멍멍, 해 보라고 하더라고요. 헐, 멍멍이라니."

어처구니없다는 표정으로 소년은 동생과 주인을 웃겼다.

"그런데 호텔 주인 역할은 어떻게 하는 거지?"

주인이 물었다.

"어서 오세요, 손님. 딱 좋을 때 오셨습니다. 오늘은 날이 맑아서 별이 잘 보일 겁니다."

"다들 잘 잤나요? 춥지 않았어요? 혹시 자다가 점박이올빼미 소리 들었어요?"

"얘들아, 난로에 마시멜로 구워 볼래?"

"이 아이 이름은 코코야. 살살 쓰다듬어 주면 좋아해. 그래, 그게 예뻐하는 거야."

소년과 소녀가 숙달된 배우가 대사를 하듯 번갈아 말했다. 그것은 주인과 남편이 평생 수도 없이 해 온 말이었다.

50년 가까이 호텔을 운영하는 동안 별일이 다 있었다. 태풍에 유리창이 모조리 깨지기도 하고 눈 때문에 며칠씩 고립되고 날이 가물 때는 물이 안 나와 손님을 못 받기도 했다. 하지만 제일 힘든 건 손님들이었다. 너그럽고 유쾌한 손님들도 있었지만 까다롭고 괴팍한 손님들도 많았다. 저 아래 세상에서 이리저리 치이던 사람들이 마치 복수라도 하려는 것처럼 주인 내외를 종 다루듯 들볶았다. 하지만 돈을 벌자면 감내해야 했다. 그 덕에 아들 셋을 다 먹이고 가르칠 수 있었다. 때론 보람도 있었다. 오늘 같은 순간 말이다. 다시 찾아 주는 손님은 수고에 대한 작은 보답처럼 느껴졌다. 비록 이 세 사람은 좀 늦게 찾아오긴 했지만.

"아까 배고프다고 한 사람이 있는 것 같은데? 내가 헛소리를 들은 게 아니라면 말이지. 마침 오늘이 냉장고 비우는 날이거든. 달걀은 없지만 밀가루랑 버터는 있으니 뭐 먹을 만한 걸 만들 수 있을 거야."

도와주겠다고 나선 아이들과 엄마는 주인의 만류에 위층으로 쫓겨 올라갔다. 삐걱삐걱, 2층으로 오르는 나무 계단에서 기분 좋은 소리가 났다. 복도에 걸린 거울은 오래 닦지 않은 탓에 희뿌예져 세 사람의 윤곽을 희미하게 비출 뿐이었다. 오른쪽 복도 끝, 그곳이 세 사람이 예전에 묵었던 방이었다. 세 사람은 가만히 문을 밀고 방으로 들어갔다.

채광 좋은 방의 연푸른색 벽지는 오후의 햇살에 창백하게 빛났다. 침대 시트에서 세제 향이 희미하게 났다. 나무 바닥에 엷게 쌓인 먼지 위로 난 세 사람의 발자국 외에 모든 것이 기억 속 모습과 똑같았다. 세 사람은 나란히 침대 위에 걸터앉았다. 창밖으로 팔을 넓게 펼친 전나무가 보였다. 그때 세 사람은 침대에 나란히 누운 채 별을 바라보다 잠이 들었다. 달이 떴던가. 떠 있어도 위력은 발휘하지 못했을 것이다. 별이 많은 밤이었다.

소년과 소녀는 그 밤을 또렷이 기억했다. 그때는 어린아이였던 소년과 소녀는 낯선 소리에 문득 깨어나 두려움에 떨다 옆에서 나는 편안한 숨소리에 안도하며 다시 이불 속을 파고들었다. 어둠 속에서 들려오던 소리의 주인이 점박이올빼미라는 건 다음 날 주인이 알려 줬다. 그 주인은 죽고 지금은 없다. 이 집에서 점박이올빼미 소리를 들으며 마지막 잠에 들었을 것이다. 그는 별을 많이 볼 수 있을 거라는 이야기도 해 줬는데 한 가지는 잊었는지 혹은 몰랐는지 말해 주지 않았다. 별똥별이 떨어진다는 것 말이다. 소년과 소녀는 검푸른 밤하늘을 가로지르는 별똥별을, 그것도 몇 번이나 봤다. 그때마다 마음속으로 황급히 소원을 빌었지만 무슨 소원을 빌었는지는 잘 기억나지 않았다. 확실한 것은 그 무엇도 이뤄지지 않았다는 것이다.

아래층에서 내려오라고 부르는 주인의 쾌활한 목소리가 들렸다. 맛있는 냄새가 풍겨 왔다. 카페는 그사이에 훈훈해져 있었다. 장작불이 벽난로 안에서 기세 좋게 타오르고 있었다. 식탁 위에 팬케이크가 탑처럼 쌓여 있었다. 직접 만든 잼도 주인은 아낌없이 병째 내놓았다. 주인은 넉넉한 풍채만큼 손이 큰 편인 데다 솜씨도 좋았다.

연방 감탄하고 감사하며 먹는 세 사람을 바라보며 주인은 흡족해졌다. 몹시 춥고 허기져 보이던 그들의 표정이 조금씩 누그러졌다. 파리했던 소녀와 소년의 볼이 발그레하게 물들었다. 많은 양의 팬케이크가 빠른 속도로 줄어들었다. 주인은 내심 놀랐다. 그들이 정말 오래 굶주렸던 것처럼 너무 허겁지겁 먹었던 것이다. 접시는 이내 말끔히 비워졌다. 잼 병 밑바닥까지 긁었지만 소년과 소녀는 아직 부족하다는 얼굴이었다. 주인은 해 지기 전에 짐을 정리해야 한다는 것을 떠올렸다. 다 먹었으니 이제 그만 가 줬으면 싶었다.

"산속은 해가 일찍 떨어져요."

세 사람은 주인의 말을 알아듣고 서둘러 커피 잔을 비웠다.

"설거지는 저희가 하게 해 주세요."

소년이 예의 그 싹싹한 태도로 말했다.

"이렇게 잘해 주셨으니까요."

소녀가 공손하게 말했다.

주인은 괜찮다고 했지만 아이들은 설거지를 시작했다. 많이 해 본 솜씨였다. 아이들 엄마는 민첩하고 깔끔하게 테이블을 치웠다. 주인은 조금 전 세 사람이 어서 떠나 줬으면 했던 것이 미안해졌다. 그들은 이곳을 정말로 좋아해서 좀 더 머무르고 싶은 것뿐이다.

세 사람을 배웅하기 위해 주인이 마당으로 따라나섰다. 아이들은 잠시 코코의 무덤을 보고 싶다고 했다. 주인은 가장 크고 잘생긴 나무를 가리켰다. 그 아래 작은 무덤이 있었다. 귀여운 생명체를 영원히 기억하겠다는 약속처럼 무덤 둘레로 둥글고 고운 돌멩이가 정성스러운 원을 그리고 있었다. 아이들이 무덤 앞에 무릎을 꿇고 앉더니 두 손을 맞잡았다. 기도를 드릴 모양이었다. 기도는 오랫동안 이어졌다. 주인은 그 모습을 지켜보다 생각했다. 별나게 정이 많은 애들이군.

아이들 엄마를 찾아 고개를 돌리다 주인은 가슴이 철렁했다. 여자가 절벽 끝으로 날려 가고 있었다. 아니다. 날린 것은 여자의 스카프일 뿐이었다. 하지만 여자는 금방이라도 뚝 떨어질 듯 위태롭게만 보였다. 그럴 리 없다. 절벽 앞에는 주인의 남편이 튼튼하게 박아 놓은 울타리가 있다. 주인은 조용히 여자에게 다가갔다.

"안에서 볼 때랑은 다르죠?"

여자가 깜짝 놀란 얼굴로 주인을 바라보더니 황급히 미소 지었다.

"네, 정말 높네요."

"아주 깊죠."

"아득해요."

"그거 알아요? 여기에 소문이 있어요."

"유령이 나온다는 소문 말이죠?"

"알고 있었수?"

"다른 손님들이 이야기하는 걸 들었어요."

"맞아요. 저 아래 골짜기는 온통 유령 천지라지. 우리 집에도 종종 나타나고. 유령을 보겠다고 일부러 묵는 손님도 있었으니까."

"정말인가요?"

"당연하죠. 유령도 이왕이면 푹신한 침대 위에서 자고 싶겠지."

주인이 여자를 향해 씩 웃었다. 유령에게도 한 상 거하게 차려줄 것 같은 넉넉한 미소였다.

"여기서 떨어져 죽은 사람이 정말 있나요?"

"설마. 내가 두 눈 시퍼렇게 뜨고 지켜보고 있는데."

주인은 재밌다는 듯 웃음을 터뜨렸다.

"나라면 호수로 갈 거요. 거기야말로 죽기 딱 좋은 곳이지. 아름답고 조용하고."

"사람들이 많이 가는 곳이잖아요."

"여름에나 그렇지. 하지만 첫서리가 내리고 저 밑에서 흰 안개가 올라오기 시작하면 그곳에 있는 건 유령뿐이야. 호수 위를 자유롭게 떠다니는 유령을 보면 얼마나 부럽던지. 거기선 최소한 손님 뒤치다꺼리는 안 하고 살겠지. 아, 늘 그런 건 아니지만 가끔 지칠 때가 있잖우. 일은 끝이 없는데 도와주는 사람 하나 없고 사는 건 고달프고. 그럴 때 종종 갔었수. 딱히 뭐 하자는 건 아니었지만 가서 물을 보고 있자면 좀 견딜 만하더군. 여기서 내가 사라지면 남는 사람들이 얼마나 골탕 먹을까 생각하면 아주 상쾌해졌어. 언제든 그렇게 할 수 있다고 생각하면 홀가분한 마음으로 다시 집으로 돌아올 수 있었거든. 내 말 무슨 뜻인지 알겠수?"

여자가 입가에 미소를 지었다.

"내 좋은 곳을 알려 주리다. 산을 내려가다 갈림길에서 호수를 가리키는 이정표 반대편으로 가면 사람 드문 곳이 나와요. 같은 호수라고 해도 그쪽은 캠핑장도 낚시터도 없는 조용한 곳이에요. 거긴 누가 뭐랄 사람 하나 없어. 내가 자주 가던 곳인데 난 이제 갈 일 없을 거요. 둘째 아들이 태국에 살아요. 거긴 1년 내내 여름만 있다더라고. 거기로 갈 거요. 아들이 비행기표를 보내 줬거든. 여긴 너무 추워. 눈은 또 얼마나 많이 오는지. 눈 한번 오면 꼼짝 못 하고 갇혀 있어야 하지. 이제 여긴 지긋지긋해."

"그럼 이 호텔은요?"

주인이 고개를 돌려 집을 바라보고는 말했다.

"뭐, 유령이 와서 살겠지. 우리 영감이 딴 데 갔을라고. 그 사람은 평생 어디 갈 줄도 몰랐어."

세 사람이 탄 자동차가 천천히 집을 떠났다. 말발굽처럼 굽이 도는 길을 따라 달리던 차는 완전히 사라져 보이지 않게 되었다.

마지막 손님이 떠났다. 선글라스 뒤의 푸른 멍 자국이라든가, 스카프 사이로 언뜻 보인 보라색 손자국, 소년의 얼굴에 난 상처와 휘어진 손가락, 소녀가 손목에 두른 붕대에 대해서 주인은 아무것도 묻지 않았다. 손님에게 사적인 걸 묻는 건 실례다. 그것이 50년 동안 훌륭하게 호텔을 운영해 온 비결이었다. 주인은 집 안으로 들어가 문을 걸어 잠갔다. 노란 햇살이 지붕에서 내려와 건물 벽을 타고 천천히 흘러내렸다.

치솟은 나무가 터널처럼 이어진 사이로 굽이진 길을 차는 한참 달려 내려갔다. 호텔 주인의 말대로 갈림길이 나왔다. 이정표에 적힌 로스트(LOST) 다음 글자는 나무에 가려 보이지 않았다. 차는 호수를 가리키는 이정표의 반대편 길로 접어들었다. 조금씩 좁아지던 길이 비포장도로로 바뀌었다. 차바퀴 아래로 작은 돌이 튀는 소리가 났다.

호수가 나타났다. 차에서 내린 세 사람은 사방을 둘러보았다. 주위는 고요했다. 아무도 없었다. 세 사람은 호수가 처음이었다.

푸른 물은 끝이 보이지 않아 마치 바다처럼 보였다. 바람이 불자 은빛 물고기의 비늘처럼 잔물결이 이어지고 또 이어졌다. 누렇게 마른 갈대와 풀 사이로 바람이 흐느끼는 소리가 들려왔다. 잿빛 오리 몇 마리가 갈대 사이를 드나들며 헤엄쳤다. 간혹 차르륵, 차르륵 소리도 들렸다. 돌멩이들이 조용히 밀려오는 물결에 서로

부딪쳐 내는 소리였다.

"여기?"

소년이 묻자 엄마가 고개를 끄덕이며 말했다.

"이쯤이 좋을 것 같아."

"얼마나 깊을까?"

소년이 중얼거렸다.

"바다만큼은 아니겠지."

소녀가 대답했다.

"그래도 충분히 깊겠지."

소년은 중얼거리며 발치의 돌멩이 하나를 주워 던졌다. 몇 번 수면을 튕기던 돌멩이가 금방 사라져 보이지 않았다. 소년은 몇 번 더 물수제비를 떴다. 돌을 삼킨 수면은 이내 아무 일도 없다는 듯 잔잔해졌다.

"엄마, 이거 봐. 꼭 달걀 같아."

소녀가 갸름한 돌멩이 하나를 주워 엄마에게 내밀었다. 코코의 무덤을 두르고 있던 돌처럼 반질거리고 고운 돌멩이였다.

소녀는 아예 주저앉아 돌을 줍기 시작했다. 줍고 나면 그 옆에 더 예쁜 것이 있었다. 지켜보던 소년도 합세했다. 두 사람은 눈을 반짝이고 간혹 작은 탄성을 지르며 돌 줍기에 열을 올렸다. 여자는 그런 아이들을 지켜보다 호수로 눈을 돌렸다. 멀리 물 색이 차츰 열어지고 물 위로 툭 떨어진 해가 이지러지며 호수가 온통 핏빛으로 들끓기 시작했다. 싸늘한 바람이 불어왔다.

"곧 어두워진다."

엄마의 말에 아이들이 일어났다. 아이들이 앉아 있던 자리에 돌멩이가 수북이 쌓여 있었다. 소녀가 아쉽다는 듯이 돌무덤을 내려다봤다. 소년이 등에서 배낭을 내려 돌멩이를 주워 담았다. 소녀도 돌멩이를 골라 담기 시작했다.

"이만하면 됐지?"

소년이 가득 찬 배낭 속을 보여 주자 소녀가 고개를 끄덕였다.

세 사람은 차로 돌아왔다. 소년이 차 트렁크를 열었다. 그 안에 웅크린 채로 남자가 잠들어 있었다. 너무도 깊이 잠들어 남자는 꿈쩍도 않았다. 세 사람은 남자를 호숫가로 옮겼다.

남자에게서 희미하게 술 냄새가 났다. 남자는 늘 술 냄새를 풍겼다. 그것은 술 냄새가 아니라 남자의 냄새였다. 남자의 흉포함이 풍기는 냄새였다. 술은 수치를 잊기 위해 필요할 뿐이었다. 남자는 냄새를 풍기며 집에 돌아와 성한 것이 거의 없는 집 안의 물건들을 마저 부수고 아내도 부서져라 두들겨 팼다. 하지만 여자는 피하거나 달아나지 않았다. 방에 아이들이 자고 있었기 때문이다.

여자는 비명도 지르지 않았다. 우는 건 오래전에 잊어버렸다.

여자가 할 수 있는 건 견디는 것뿐이었다. 견디고 견디다 보니 견딜 수 있다고 생각하게 된 것이, 여자는 두려웠다. 그것마저도 아이들을 생각하면 별로 두렵지 않았다. 이 짐승 같은 밤이 끝나고 아침에 아이들에게 따뜻한 밥을 먹일 수 있으면 그것으로 족했다. 하지만 남자가 아이들에게까지 손을 대자 여자는 더는 견딜 수 없다고 생각했다.

여자는 오래전 그날 아이들과 함께 떠나려고 했다. 깊고 험준한 산 위, 말발굽처럼 굽이진 길 위에 돌연 나타난 호텔 앞에 차를 세운 까닭은 잘 기억나지 않는다. 아이들이 화장실에 가고 싶다거나 배가 고프다고 했던 것도 같고 아닌 것도 같다. 계획 없던 하룻밤을 묵게 된 이유는 기억할 수 있다. 단 하룻밤만이라도, 여자는 푹 자고 싶었다.

세 사람은 호텔 방에서 서로를 껴안고 전에도, 그 후에도 없었던 깊고 평온한 잠을 잤다. 그리고 멀리 떠날 생각이었다. 아주 멀리, 멀리 가겠다고 여자는 벼랑 끝에 서서 까마득한 아래를 내려다보며 생각했다. 왜 그때 그러지 못했을까. 어젯밤 남자에게 목을 졸리며, 그런 엄마를 구하기 위해 달려든 아이들이 남자가 휘두른 칼에 베여 피를 흘리는 것을 보며, 여자는 후회하며 눈물을 흘렸다. 하지만 이제는 정말 멀리 떠날 것이다.

매일 밤 두렵고 고통스럽게 만들던 것이 푸른 물속으로 사라지는 것을 세 사람은 잠자코 지켜보았다. 검붉은 피가 굳은 옷과 반짝이고 예쁜 돌멩이로 가득 채워진 배낭을 멘 남자가 깊은 호수 바닥으로 가라앉아 다시는 떠오르지 않았다. 이제 첫눈이 오고 호수는 얼어붙으리라. 잿빛 오리 떼마저 떠난 호수를 찾는 사람은 아무도 없을 것이다. 그리고 세 사람은 오랜만에 깊은 잠을 잘 것이다. 누구도 두렵게 하지 않는 평온한 밤을 보낼 것이다. 소년과 소녀는 오래전 별똥별에 빌었던 소원이 비로소 이루어졌음을 알았다. 세 사람은 조용히 호수를 떠났다.

|작가의 말|

세상이 흔들릴 때마다 나의 세상이 공고해졌으면 했다.

그런 생각을 할 때마다 왠지 모르게 조금 흔들렸다.

이 책에 실린 소설 두 편은 우기와 건기로 계절을 나누는 무더운 도시에서 썼다. 어쩌다 보니 마지막 수정 작업 역시 집을 떠나 잠시 빌려 쓴 방에서 하게 됐다. 공교롭게도 그 두 장소에 고양이가 있었다. 하양과 검정이 섞인 작고 귀여운 고양이와 잘 구워진 감자 같은 고양이였다. 모두 갑자기 불쑥 나타나 단조로운 내 삶에 작지 않은 파문을 일으켰다. 작고 말랑말랑한 분홍 젤리 모양의 무늬. 어이, 원고는 잘되고? 하듯 고양이는 조용히 다가와 잠시 곁에 머물다 간식을 대접받고 살며시 떠났다. 어느 날 고양이가 훌쩍 내 무릎 위로 뛰어올랐을 때, 몹시 놀랐고 두근거렸다. 따스하고 부드러운 우주를 껴안고 있는 기분이었다. 고양이 모양을 한 위안을 받았다.

그런 소설을 쓰고 싶은 것 같다. 세상은 여전히 흔들리고 있다.

책이 나오기까지 애써 주신 문학동네 편집자분들께 감사드린다.

감자처럼 동글동글한 고양이 소금이가 사는 연희문학창작촌의 직원분들께도 감사드린다.

언제나 든든한 내 편인 가족들, 고맙다.

여름의 어느 날, 최상희

수록 작품 발표 지면

고스트 투어 - 『창비 어린이』 2014년 여름호

유나의 유나 - 『존재의 아우성』 (문학동네, 2015)

붉은 손가락 - 미발표작

B의 세상 - 『창비 어린이』 2018년 봄호

방문 - 미발표작

화성의 소년 - 『대산문화』 2017년 겨울호 (발표 제목 「은하열차」)

새 - 미발표작

Lost Lake - 문학 웹진 『비유』 4호 (2018년 4월)

B의 세상

1판 1쇄 2019년 8월 29일 | 1판 6쇄 2021년 10월 18일

지은이 최상희 | 책임편집 곽수빈 | 편집 엄희정 원선화 이복희 | 디자인 이지인

마케팅 정민호 박보람 김수현 | 홍보 김희숙 함유지 김현지 이소정 이미희

제작 강신은 김동욱 임현식 | 제작처 더블비(인쇄) 중앙제책사(제본)

펴낸곳 (주)문학동네 | 펴낸이 염현숙

출판등록 1993년 10월 22일 제406-2003-000045호

주소 10881 경기도 파주시 회동길 210

전자우편 kids@munhak.com | 홈페이지 www.munhak.com

카페 cafe.naver.com/mhdn | 북클럽 bookclubmunhak.com

인스타그램 @kidsmunhak | 트위터 @kidsmunhak

대표전화 (031)955-8888 | 팩스 (031)955-8855

문의전화 (031)955-8895(마케팅) (02)3144-3242(편집)

ISBN 978-89-546-5748-8 03810

* 잘못된 책은 구입하신 서점에서 교환해 드립니다. 기타 교환 문의: (031)955-2661, 3580